Mascha Kaléko wollte wie Kästner, Tucholsky oder Ringelnatz, mit denen sie immer wieder verglichen wurde, keine feingeistige Literatur für wenige schreiben, sondern eine zugängliche, unverkrampfte »Gebrauchspoesie«, vom Alltag für den Alltag, keck, gegenwartsnah, voller Ironie und doch auch Gefühl. Wie gut ihr das gelungen ist, zeigen diese Gedichte und Epigramme aus dem Nachlaß.

Mascha Kaléko, am 7. Juni 1907 als Tochter jüdischer Eltern in Galizien geboren, fand in den zwanziger Jahren in Berlin Anschluß an die literarische Boheme vor allem des Romanischen Cafés und hatte 1933 mit dem ›Lyrischen Stenogrammheft‹ ihren ersten großen Erfolg. 1938 emigrierte sie in die USA, von wo sie 1966 nach Israel übersiedelte. Sie starb am 21. Januar 1975 in Zürich.

Mascha Kaléko

In meinen Träumen läutet es Sturm

Gedichte und Epigramme aus dem Nachlaß

Herausgegeben und eingeleitet
von Gisela Zoch-Westphal

Deutscher Taschenbuch Verlag

Originalausgabe
September 1977
21. Auflage Mai 2001
© 1977 Deutscher Taschenbuch Verlag GmbH & Co. KG,
München
www.dtv.de
Umschlagkonzept: Balk & Brumshagen
Umschlagbild: ›Stilleben‹ (1926) von Herbert Ploberger
Gesamtherstellung: C. H. Beck'sche Buchdruckerei,
Nördlingen
Gedruckt auf säurefreiem, chlorfrei gebleichtem Papier
Printed in Germany · ISBN 3-423-01294-3

Für Elisabeth Forberg-Rustler

Inhalt

Vorwort 9

Lieder für Liebende 17
Blatt im Wind 19 · Das letzte Mal 20 · Solo für Frauenstimme 21
· Sogenannte Mesalliance 22 · Liebeslied 23 · Zärtliche Epistel 24
· Sonett in Dur 25 · Sonett in Moll 26 · Begegnung im Park 27
· Signal 28 · Abschied – nach berühmtem Muster 29 · Finale con
moto 30 · Die Dritte Sinfonie 31 · Im Volkston 32 · Gruß aus
Davos 33 · Nacht ohne Schlaf 34 · Kommentar überflüssig 35 · Ein
Post Scriptum 36 · Ich und Du 37

Im Exil 39
Stilles Gebet 41 · Aufbruch 42 · Zeit für Krähen 43 · Zeitgemäße
Ansprache 44 · An meinen Schutzengel 45 · Der Fremde 46 · Auf
einer Bank 47 · Einer Negerin im Harlem-Expreß 48 · Der Eremit 49 · Unter fremdem Dach 50 · Dachkammermusik 51 · Der
kleine Unterschied 52 · Ursache unbekannt 53 · »Window-Shopping« 54 · Wie sag ich's meinem Kinde? 55 · Vagabundenspruch 56 ·
Apropos Hollywood 57 · Der junge Joseph 59

Zeit- und Unzeitgedichte 61
Altmodisches Uhrenlied 63 · In dieser Zeit 64 · Notizen 65 · Enfant terrible 67 · Vor dem Spiegel 68 · Nennen wir es »Frühlingslied« 69 · Sozusagen grundlos vergnügt 70 · Sehnsucht nach dem
Anderswo 71 · Geistliches Lied 72 · Nachts gegen Drei 73 ·
Nachts 74 · Sei still ... 75 · Strickmuster-Spruch fürs Kopfkissen 76 · Einer von jenen Träumen 77 · Aus der Vogelperspektive 78
· Der Traum des Tschuangtse 79 · Wie glücklich ist der Pessimist 80
· Dem besten Freunde 81 · Einem Freunde, der sich dem Trunk
ergab 82 · Nichts ist 83 · Irgendwer 84 · Kurzes Gebet 85 · Inventar 86 · Sonne 87 · Ein sogenannter schöner Tod 88 · Die sogenannten »letzten Dinge« 89 · Mit zunehmendem Alter 90 · Mit
zunehmendem Alter und abnehmendem Verstande 91 · Rat für
Mädchen 92 · Aquarell in Grau 93 · Herbstlicher Vers 94 · Chanson für Drehorgel 95 · »Die Leistung der Frau in der Kultur« 96
· Horizontale Muse 98

Das letzte Jahr 99
Die frühen Jahre 101 · Auto(r)biografisches 102 · Elegie für Steven 103 · Seiltänzerin ohne Netz 104 · Heimweh, wonach? 105 ·
Zukunftsmusik I 106 · Zeitgemäße Morgenandacht 108 · Was man
so alles überlebt 110 · Kurzer Dialog 111 · Zukunftsmusik II 112 ·

In meinem Hause 114 · Vom Wissen 115 · Aus dem Leben eines Einzelgängers 116 · »Take it easy!« 117 · Resignation für Anfänger 118 · Verse für kein Gästebuch 119 · Allerseelen 120 · Keiner wartet 121 · Ich träume nicht mehr 122 · Einladung 123 · Ich lasse mich nicht mehr ein auf Daten 125 · Ältere Dame ohne Anhang 126 · Monolog für Alleinstehende 127 · Mitte Dezember 128 · Ausverkauf in gutem Rat 129 · Nach dem Sturm 130 · Steckbrief 131 · Das sechste Leben 133 · Auf Reisen 135 · Bleibtreu heißt die Straße 136 · Epitaph auf die Verfasserin 137 · Mein schönstes Gedicht 138

Epigramme 139
Vorspruch – ziemlich frei nach Goethe 141 · Physiognomisches 142 · Vorsicht – vor der Vorsicht 142 · Für Einzelgänger 142 · Das Dritte 142 · Das bißchen Ruhm 143 · Würdenträger gesucht 143 · Das Spiegelglas 143 · Kalenderspruch 144 · Einem gewissen Herrn »KennSeDen« 144 · Unsinn und Sinn 144 · Von Kritikern und Kritikastern 145 · Wegweiser 146 · Leider oder Gottseidank 146 · Das kleinere Übel 146 · Mangelware »Normalmensch« 147 · »Der Kaiser ist ja nackt!« 147 · Goldene Worte in rostiger Zeit 147 · Apropos »Freier Wille« 148 · Unerfreuliche Zeitgenossin 148 · Sublimiertes Wehweh 149 · Wenn du deinen Gönner besuchst 149 · Polizeilogik 149 · »Ick möchte aba nicht jesacht ham ...!« 150 · Unbescheidene Bescheidenheit 150 · Dem unentwegten Optimisten 150 · Worte in den Wind 151 · Gute Vorsätze 151 · Ein Dichter ... 151 · Feinde 152 · Wo möchten Sie leben? 152 · Psychosomatisches 152 · Alkoholverbot 153 · Lob des Nutzlosen 153 · Es werde jeder selig nach seiner Konfession 154 · Einem Stillen im Lande 154 · Das »Mögliche« 154 · Herz contra Hirn 154 · Das 155 · Es fragt uns keiner 155 · Leben vor dem Tode 155 · Lobenswertes Lebensmotto 156 · Letztes Wort 156 · Vom Sinn des Lebens 156 · Was man so braucht ... 157 · La condition humaine 157 · Das geringere Übel 157 · Liebe den Nächsten 158 · Drei Schritte vom Leibe 158 · Unfreundlicher Türanschlag 159

Vorwort

Mascha Kaléko. Dieser Name tauchte zuerst um 1930 in Berlin auf. Monty Jacobs, einer der besten Köpfe des deutschen Feuilletons, war auf das junge Talent aufmerksam geworden und veröffentlichte ihre Verse in der berühmten ›Vossischen Zeitung‹. Über Nacht wurde die Lyrikerin für die Berliner ein Begriff: »die Mascha«. Sie schrieb »Zeitungsgedichte«: Vom Alltag für den Alltag, und diese Art der pointensicheren Großstadtlyrik liebte man in den dreißiger Jahren ganz besonders. Das Zeitungsgedicht stand gegen Wirtschaftsseiten und Politik, behauptete sich gegen das übrige Feuilleton und Lokales. Das war seine Funktion.

Im Januar 1933, als schon die Signale gesetzt wurden, die ihr Leben in die Emigration zwingen sollten, erschien ihr erstes Buch, das ›Lyrische Stenogrammheft‹. Die Stenogramme aus dem Berliner Alltag, deren Reiz im Gegensatz oder vielmehr in der Vereinigung von Lyrik und Spott, von Gefühl und Ironie liegt, haben den vorschnellen Berliner Witz und die Trauer der Weisheit aus dem jüdischen Osten. Sie erobern sich die Herzen der Leser. Mascha Kaléko wird getragen von einer Woge des Erfolges. Die erste Auflage des ›Lyrischen Stenogrammheftes‹ ist bald vergriffen; Ernst Rowohlt druckt die zweite und wagt es sogar noch, 1935 ihr zweites Buch – ›Kleines Lesebuch für Große‹ – herauszubringen. Als sich herausstellt, daß Mascha Kaléko Jüdin ist, werden beide Bücher noch in der Druckerei beschlagnahmt. Maschinengeschrieben werden die Gedichte weitergereicht.

1938, ihre Bücher standen inzwischen auf der ›Liste des schädlichen und unerwünschten Schrifttums‹, emigrierte Mascha Kaléko nach Amerika. New York bot die Möglichkeit zum Überleben. Mehr nicht. Exil, das ist für einen Dichter ein unheilbarer Bruch im Leben. Den Verlust des literarischen Ruhmes hatte sie verwunden, die Entwurzelung nie.

Mascha Kalékos Gedichte sind unlösbar Ausdruck ihres persönlichen Lebens und Schicksals. Sie stehen für eine ganze Existenz und wollen so genommen werden, wie sie sind. Sie bedürfen keiner Analyse und keiner Deutung, sondern möchten für sich in Anspruch nehmen, was Martin Heidegger – ein großer Verehrer von Mascha Kaléko – von der Interpretation überhaupt geschrieben hat: »Der letzte, aber auch der schwerste Schritt jeder Auslegung besteht darin, mit ihren Erläuterungen vor dem reinen Dastehen des Gedichtes zu verschwinden.«

Man hat Mascha Kaléko mit Kästner, Ringelnatz und Tucholsky verglichen, Heine und Brecht bei ihrer Poesie Pate stehen lassen und es doch nicht getroffen. Die Dichterin ist zeitlebens vollkommen identisch mit sich selber geblieben und war von keiner modischen Richtung zu verführen. Lieber ließ sie sich altmodisch schimpfen, als daß sie ihr literarisches Mäntelchen nach dem Winde gehängt hätte.

Trotzdem oder gerade deshalb ist ihr literarischer Erfolg erstaunlich. Nicht nur, daß ihr berufene Männer wie Thomas Mann, Hermann Hesse, Albert Einstein und Alfred Polgar, um nur ein paar Namen zu nennen, Bewunderung zollten, nein, die Beliebtheit ihrer Gedichte ist in Zahlen meßbar: Mascha Kalékos ›Lyrisches Stenogrammheft‹ hat eine Auflage von 100 000 Exemplaren erreicht, für einen Lyrikband ist das enorm. Zahlen werden weniger abstrakt durch Vergleiche: Nach dem Bulletin des PEN-Zentrums rangiert an erster Stelle auf der Verkaufsliste deutschsprachiger Gedichte Goethe mit 138 000 Exemplaren in einer Reclamausgabe. Danach kommt gleich Mascha Kalékos ›Lyrisches Stenogrammheft‹.

Für einen Leser, der dem Namen Mascha Kaléko nie begegnet ist, muß diese – statistisch belegte – Behauptung unglaublich erscheinen. Ist die Dichterin nicht eher unbekannt geblieben? Ja, das Erscheinungsbild ist konträr, und die Erklärung aufs schrecklichste einfach: Die Rassengesetzgebung des Dritten Reiches verhinderte die Verbreitung ihrer Lyrik über Berlin hinaus.

Berühmt – und doch unbekannt: der Schnittpunkt dieser beiden Komponenten weist auf ein deutsch-jüdisches Schicksal, markiert den Sturz ins Vergessenwerden, signalisiert das Verdammtsein ins Echolose, zur totalen Heimatlosigkeit.

Mascha Kaléko war am 7. Juni 1907 in Schidlow – am Rande der ehemaligen Donaumonarchie – als Tochter eines russischen Vaters und einer österreichischen Mutter zur Welt gekommen. Heute heißt der Ort Chrzanow und liegt in Polen. Die galizische Herkunft war in der eigenen Lebensdarstellung von Mascha Kaléko stark retuschiert worden, wie aus Klappentexten ihrer Bücher und Interviews hervorgeht. Aus Galizien stammte man nicht, ohne das Nasenrümpfen sämtlicher Westeuropäer zu riskieren.

Der Erste Weltkrieg hatte die Familie nach Marburg verschlagen, der Vater war als Russe interniert worden. So gründeten Heimatlosigkeit gepaart mit Vaterlosigkeit das existentielle und lebenslängliche Gefühl von Verlorenheit. Auch später war der

Vater – man hörte in Gesprächen Ungefähres – viel »unterwegs« und »auf Schiffen«. Jedenfalls blieb das Verlangen nach väterlichem Schutz, die Sehnsucht nach Bindung und Führung ungestillt. Und das erzeugte ein lebenslängliches Heimweh und Gefühl des Ausgeliefertseins, was die Lebensumstände des späteren Exils nur bestätigten und verstärkten. Ihren Vater hatte sie zum »Weisen« stilisiert, zur großen Leitfigur.

In Wirklichkeit – wie ehemalige Schulfreundinnen aus Israel bezeugen – war er ein lieber, gütiger Mann, dem alles im Leben mißriet und der die Armut von den Seinen nicht fernzuhalten vermochte.

Emigrantin von Kind auf, fand sie in Berlin, der Stadt, die sie geprägt hat, scheinbare Heimat und ahnte nicht, daß die paar leuchtenden Jahre vor der großen Verdunkelung schon nach knapp einer Generation zu einer Art »goldenem Zeitalter« avancieren würden. Berlin gewährte Zugehörigkeit. Der Ruhm hatte noch weiße Flügel, und für diese kurze Zeit bis 1933 stimmte sie mit ihrer Umwelt harmonisch überein.

In Berlin gehörte Mascha Kaléko zum Kreis der schöpferischen Boheme, die sich Ende der zwanziger und Anfang der dreißiger Jahre das »Romanische Café« zum Treffpunkt erkoren hatte. Maler, Schauspieler und Literaten wie Tucholsky, Ringelnatz, Klabund, Else Lasker-Schüler, Erich Kästner, Walter Mehring saßen hier, dichteten und diskutierten; träumten von einer besseren Welt, bis die meisten von ihnen in die Emigration gingen, in die äußere oder innere. Fast hätte Mascha Kaléko den Absprung ins Exil verpaßt, weil sie sich von Berlin nicht trennen mochte. Erst 1938 verließ sie Deutschland. In diesem Jahr hatte auch ihr privates Leben eine bedeutsame Wendung genommen. Nach zehnjähriger Ehe war sie von dem Philologen S. Kaléko geschieden worden und emigrierte mit ihrem zweiten Mann, Chemjo Vinaver, und beider kleinem Sohn nach New York.

Zwanzig Jahre lebt sie nun in New York vornehmlich der Familie, dem heranwachsenden Sohn, der auch ein Emigrantenkind ist, wie die Mutter es in seinem Alter gewesen war: »Du, den ich liebte, lang bevor er war, den Unvernunft und Liebe nur gebar, der blassen Stunden Licht und Himmelslohn, mein kleiner Sohn«, heißt es einmal. Das Ringen um die bloße Existenz in Amerika ist hart. Chemjo Vinaver, der sich sein ganzes Leben mit chassidischer Musik beschäftigte, gründet einen Chor und gibt Konzerte. Da er kaum ein Wort Englisch lernt, ist seine Frau ihm als »Karrierehelferin«, wie sie es zu nennen pflegte, unentbehrlich. Das bedeutete: Sie mußte ihren Mann zu Besprechungen, zu Proben und zu jedem Konzert begleiten und dolmetschen. Zum Dichten blieb wenig Zeit, und oft wurde das Glück schöpferischer Äußerung gestört. »Mich ruft mein Gemahl. Er wünscht mit mir sein nächstes Konzert zu besprechen.« Mit diesem Stoßseufzer schließt ihr Gedicht ›Die Frau in der Kultur‹, und wer die vorhergehende Zeile liest: »Doch muß ich, wie stets, unterbrechen«, der könnte meinen, Chemjo Vinaver habe die Entfaltung seiner Frau verhindert. Auch. Aber nicht eigentlich und nicht willentlich.

Bis in ihre letzten Lebenstage, in denen der dichterische Strom versiegt war, hat Mascha Kaléko betont, wie oft Vinaver sie darin bestärkt habe, vor allem ihrem dichterischen Impuls zu gehorchen, ohne Rücksicht auf die Dringlichkeiten des Alltags.

Was sie in den ersten Emigrationsjahren dichtet, ist vor allem Heimweh nach der verlorenen Heimat. Immer wieder stellt sich die Sehnsucht nach Deutschland ein. Kummer und Verzweiflung haben die Sprache härter werden lassen; der Ernst und die Bitterkeit des aufgezwungenen Schicksals haben den ›Versen für Zeitgenossen‹, die 1945 in Cambridge/USA erschienen, mehr Gewicht verliehen.

Noch härter als die Emigration in die USA wirkte sich 1966 die »Heimkehr ins Land der Väter«, nach Israel, aus. Sie setzte die Dichterin endgültig gnadenloser Isolierung aus. Mascha Kaléko war Jerusalems unbekannteste Dichterin, ein Rang, den vor ihr Else Lasker-Schüler innehatte.

Während in Europa die Verkaufszahlen ihrer inzwischen wiederaufgelegten Bücher oder auch der neuerschienenen wie ›Das himmelgraue Poesie-Album‹ in die Höhe kletterten, nahm die Einsamkeit der Mascha Kaléko zu. – In Israel blieb sie fremd. Ausschließlich ihrem Mann zuliebe war sie mit nach Jerusalem gegangen. Chemjo Vinaver konnte sein Lebenswerk, eine vollständige Anthologie der chassidischen Synagogalmusik, nur hier vollenden. Für ihn bot Jerusalem mit seiner Vielfalt an Synagogen auf musikalischem Gebiet ein wahres Babylon aller chassidischen Richtungen, und Chemjo Vinaver wanderte von einer Synagoge zur anderen, um die freie Intonierung der Vorsänger in den frommen Häusern zu notieren, wissenschaftlich auszuwerten und einzuordnen.

Einmal im Jahr – meist im Sommer, um der heißen Jahreszeit in Israel zu entgehen – reiste Mascha Kaléko nach Europa, pflegte die alten Kontakte mit Verlegern, Kollegen und Freunden und gab einige Vortragsabende. Die vollen Säle überall waren ein Beweis, daß sie hierzulande nicht vergessen war. Wo immer sie auftauchte, in Berlin, in Stuttgart, in Frankfurt, in Kassel, in Zürich, schlug sie die Zuhörenden in ihren Bann. Schmal und zierlich, immer in Schwarz, fast verschwindend klein hinter Pulten und Tischen, stellte sie sich ihrem Publikum. Mascha Kaléko wirkte trotz der rein jüdischen Abstammung eher wie eine Zigeunerin mit ihrem halblangen, schwarzen Haar, den tiefdunklen Augen und einem sprühenden Charme, der ihr bis in die letzten Lebensjahre erhalten blieb.

In Israel – um es zu wiederholen – blieb Mascha Kaléko unbekannt und einsam. Nie hat sie dort einen Vortragsabend mit ihren Gedichten gehalten. Der einzige – ein von der Deutschen Botschaft für das Frühjahr 1975 geplanter – wurde stattdessen zum Gedenkabend. Ihre Iwrithkenntnisse reichten gerade zum Einkaufen. Sie verstand wenig und konnte noch weniger sprechen. Mit den Freunden in Jerusalem unterhielt man sich englisch. Die Isolierung wurde hingenommen als etwas schicksalhaft Gegebenes. Die Ironie – in ihrer Jugend einst eine hauchzarte Beigabe, die ihren Gedichten den besonderen Reiz verlieh – war bitter geworden und verbarg nur mühsam, wie schwer sie am Leben trug.

1968 starb überraschend der dreißigjährige Sohn Steven in New York. Ein angehender Star am Broadwayhimmel, hatte er nicht nur seine Musicals selber geschrieben, sondern sie auch komponiert und inszeniert. Das künstlerische Erbe beider Eltern trug er weiter und war nicht nur, wie Vater und Mutter, hochtalentiert, sondern auch zum Erfolg begabt; einer, dem alles zuflog und leicht wurde. Sein Tod war für die Dichterin der Beginn des eigenen, nicht nur psychischen, nein, auch physischen Sterbens; denn rückschauend wird deutlich, daß der Anfang ihrer Todeskrankheit mit diesem Schicksalsschlag zusammenfiel.

»Vor meinem eignen Tod ist mir nicht bang. Nur vor dem Tode derer, die mir nah sind. Wie soll ich leben, wenn sie nicht mehr da sind?« – Die Anfangszeilen des schon in den vierziger Jahren entstandenen ›Memento‹ machen deutlich, daß diese Angst immer unterschwellig in ihr gewesen war und fast an die Gewißheit grenzte: sie würde die ihren überleben. Im Dezember 1973 erlag ihr Mann, Chemjo Vinaver, einem langjährigen Leiden. Diesen Verlust hatte sie lange schon auf sich zukommen sehen, jeden ihnen noch gemeinsam vergönnten Tag wie ein Geschenk genommen und den Abschied in angstvollen Nächten vorauserlebt. Aus fast allen im Jahr 1974 – ihrem letzten Lebensjahr – entstandenen Gedichten spricht der Schmerz über den Verlust ihres Mannes. Chemjo Vinaver, der Musiker, aus einem berühmten jahrhundertealten Rabbinergeschlecht stammend, dem der Vorka aus Polen, hatte die Sicherheit eines Propheten und die Weisheit eines Patriarchen ausgestrahlt. Die Verbindung von Gelehrsamkeit und Künstlerschaft, beides nicht zu seinem, sondern zum Ruhm des Ewigen eingesetzt, gaben ihm eine Größe, an die die Wogen des Alltags nicht herankamen. Seines Schutzes, seiner Liebe und menschlichen Güte beraubt, war Mascha Kaléko nun einem Grad von Einsamkeit ausgesetzt, den zu ertragen über ihre Kräfte ging. Er war ihr, sie ihm alles gewesen. Was das Schicksal ihnen auch angetan hatte, im privatesten Bereich waren sie unverletzbar geblieben, hatten den Frieden, den die Umwelt ihnen verweigerte, in sich selber gefunden.

Ihre Wohnung verließ sie nach dem Tod ihres Mannes kaum noch. Oben im siebten Stock in der King George Street lebte sie, mit dem Blick weit über die Altstadt von Jerusalem, hinter deren Dächern man die Silhouette der Judäischen Berge ahnte.

Noch einmal kam Lebenshoffnung in ihr auf, als sie im Herbst 1974 Berlin besuchte und ihren letzten Vortragsabend hielt. Die geliebte, dann verlorene und später so veränderte Stadt hatte es ihr von neuem angetan. Sie spielte mit dem Gedanken, neben dem Jerusalemer Domizil eine kleine Wohnung in Berlin zu nehmen, um dort zu leben, wo sie weniger fremd war. An Israel hatte sie nach dem Tod ihres Mannes nur noch ein Gefühl der Zugehörigkeit zur jüdischen Schicksalsgemeinschaft gebunden.

Doch der Tod hat ihr alle Entscheidungen abgenommen. Ein Zwischenaufenthalt in Zürich auf dem Rückweg nach Jerusalem wurde ihr, der Heimatlosen, zur letzten Lebensstation. Sie nahm die Todesgewißheit klaglos an und war erleichtert, daß es zu Ende ging. Was einzig noch zählte in ihren letzten Wochen, war die Sorge um das nachgelassene wissenschaftliche Werk ihres Mannes. Sie allein wußte um den Wert dieses einzigartigen Kulturdokumentes und wollte es den richtigen Händen anvertrauen. Sie starb in Zürich – der Emigrantenstadt – am 21. Januar 1975. Schmucklos wurde der einfache Holzsarg an einem regnerischen Morgen beigesetzt; alle Reden hatte sie sich verbeten, nur der Kantor intonierte die rituellen Gesänge ihres Volkes.

Jerusalem, am 6. April 1975. Mascha Kaléko hat mir noch aufgetragen, nach ihrem Tode ihren Nachlaß aus Israel zu holen. Ich suche die Wohnung von Mascha Kaléko und Chemjo Vinaver in der King George Street 33. Zwischen einem Delikatessengeschäft und einem kleinen Café ist der Eingang. Hölzerne Briefkästen bezeichnen die Bewohner. Nr. 28: Vinaver-Kaléko. Er ist leer.

Der Lift funktioniert noch immer nicht wieder. Er hatte im Herbst 1974 Schicksal gespielt, nämlich Maschas Heimkehr nach Jerusalem verhindert. Sie wußte, daß sie nicht mehr die Kraft gehabt hätte, täglich sieben Treppen hinauf- und hinabzusteigen. Deshalb hatte sie ausgeharrt im Zürcher Hotel, immer gewärtig, vom Hauswart eine positive Nachricht über den Fahrstuhl zu bekommen. Doch der Tod hatte die Jerusalemer Handwerker überrundet. Jetzt, drei Monate später, steige ich die hohen Steinstufen des verwohnten Treppenhauses hinauf. Im ersten Stock ein Kosmetiksalon, im zweiten ein Dentist, im dritten ein Anwalt, im vierten ein Künstler: Blum, Artist, ist zu lesen. Im fünften und sechsten sind die Namen nur noch hebräisch angeschrieben. Im siebten Stock, Wohnung Nr. 18, steht in Iwrith: Vinaver-Kaléko; und darunter ist der Ausschnitt einer Visitenkarte geklebt: Mascha Kaléko. In der Tür ein Guckloch. Eine Treppe höher schlägt die Tür zum Dach hin und her. Kamsin, der heiße Wüstenwind, fegt über die Stadt.

Ich zwinge mich, die Tür zu öffnen, und gehe nach dem von Mascha gezeichneten Plan in ihr Zimmer, betrete einen schlichten Raum, der einer Mönchsklause nicht unähnlich ist. Die Möbel – ein Tisch, ein Schrank, ein Feldbett, zwei Stühle – sind mit Zeitungspapier abgedeckt, um Sonne und Staub abzuhalten, die Teppiche aufgerollt. Ein großer, metallener Karteischrank, wie ich ihn nur aus Arztpraxen kenne, birgt ihre Korrespondenz, private im einen Kasten, Verlagsdinge im anderen, darunter Veröffentlichtes, daneben Unveröffentlichtes. Penibelste Ordnung, wohin man sieht. Was immer ich in die Hand nehme, ist bezeichnet, die einzelnen Vorgänge in schmalen Ordnern verwahrt. Der Verzicht auf jegliche Bequemlichkeit, das Sichbeschränken auf absolut Notwendiges ist Ausdruck einer Lebenseinstellung, die nichts mit ökonomischen Verhältnissen zu tun hat. Sie ist typisch für eine bestimmte geistige Elite der älteren Generation in Israel, der unfreiwillig-freiwilligen *Ankömmlinge* im Land der Väter, die im Gegensatz zu den im Land Geborenen, den Sabres, unauslöschlich den Stempel der Verfolgung tragen; es sind jene, die lebenslänglich entwurzelt waren und auch in Israel nicht finden konnten, was sie verloren hatten.

Trotz der unnachahmlichen Mischung von Poesie und Witz in Mascha Kalékos Gedichten wird zwischen den Zeilen – wie ein Wasserzeichen – ihre hoffnungslose Heimatlosigkeit deutlich. Ihr Leben beinhaltet alle Tragik des deutschen Juden, der mehr verlor als andere Juden irgendwo auf der Welt, die ebenso vertrieben und verfolgt wurden. Der deutsche Jude verlor vor allem die geistige Heimat, die Bindung und Zugehörigkeit des sich emanzipierenden Juden an die deutsch-österreichische Kultur, an deren Entwicklung er seit Moses Mendelssohn in den Künsten und Wissenschaften so bedeutenden Anteil hatte.

Daß ich als Deutsche von Mascha Kaléko mit ihrem Nachlaß betraut worden bin, ist nicht selbstverständlich. Ich führe diesen Auftrag aus, eingedenk all dessen, was gewesen ist, und was trotz aller Wiedergutmachung nicht wiedergutgemacht werden kann.

Alle nachgelassenen und bisher unveröffentlichten Gedichte, die ich in Jerusalem fand, sind in diesem Buch zusammengefaßt worden. Vereinzelt stammen die Verse noch aus den frühen Berliner Jahren, die überwiegende Anzahl entstand in Amerika (einige waren 1945 bereits in der amerikanischen Ausgabe ihrer Emigrationsgedichte zu lesen). In Israel hatte sie lange geschwiegen, erst im letzten Lebensjahr, 1974, war sie noch einmal produktiv geworden.

Wenn diese Verse jetzt aus den Exilen heimkehren in das Land, in dem ihre Sprache gesprochen wird, so machen sie über das Einzelschicksal ihrer Autorin hinaus noch einmal deutlich, worum wir uns gebracht haben, als wir das Jahrhunderte währende Gespräch mit den jüdischen Mitbürgern in Auschwitz zum Schweigen gebracht haben.

Im Sommer 1977   Gisela Zoch-Westphal

Lieder für Liebende

BLATT IM WIND

Laß mich das Pochen deines Herzens spüren,
Daß ich nicht höre, wie das meine schlägt.
Tu vor mir auf all die geheimen Türen,
Da sich ein Riegel vor die meinen legt.

Ich kann es, Liebster, nicht im Wort bekennen,
Und meine Tränen bleiben ungeweint,
Die Macht, die uns von Anbeginn vereint,
Wird uns am letzten aller Tage trennen.

All meinen Schmerz ertränke ich in Küssen.
All mein Geheimnis trag ich wie ein Kind.
Ich bin ein Blatt, zu früh vom Baum gerissen.

Ob alle Liebenden so einsam sind?

Das letzte Mal

Du gingest fort. – In meinem Zimmer
Klingt noch leis dein letztes Wort.
Schöner Stunden matter Schimmer
Blieb zurück. Doch du bist fort.

Lang noch seh ich steile Stufen
Zögernd dich hinuntergehn,
Lang noch spür ich ungerufen
Dich nach meinem Fenster sehn,

Oft noch hör ich ungesprochen
Stumm versinken manches Wort,
Oft noch das gewohnte Pochen
An der Tür. – Doch du bist fort.

Berlin-Charlottenburg
Mommsenstr. 44
1938

SOLO FÜR FRAUENSTIMME

Wenn du fortgehst, Liebster, wird es regnen,
Klopft die Einsamkeit, mich zu besuchen.
Und ich werde meinem Schicksal fluchen.
Deine Tage aber will ich segnen.

Du drangst wie Sturmwind in mein junges Leben,
Und alle Mauern sanken wie Kulissen.
Du hast das Dach von meinem Haus gerissen.
Doch neuen Schutz hast du mir nicht gegeben.

So starb ich tausendmal. Doch da du kamst,
Mocht ich das Glück, dir nah zu sein, nicht stören.
Wie aber solltest du mein Schweigen hören,
Da du doch nicht einmal mein Wort vernahmst ...

SOGENANNTE MESALLIANCE

Die Herren offerierten Hof und Haus,
Um mir die Zukunft »rosig« zu gestalten.
Sie hielten sie mir hin wie einen Strauß.
Ich lachte mir mein Teil und lief hinaus:
Da saßen sie mit ihren Bügelfalten.

Die klugen Nachbarn schüttelten das Haupt:
Die wird es nie zu etwas Rechtem bringen.
Und Zeiten gab's, da ich es selbst geglaubt.
Da aber kam der Wanderer, bestaubt,
Und als er sprach, begann mein Herz zu singen.

Er hatte nichts als seine wilden Träume,
Auch war der Kindheit ferner Widerschein
In seiner Art – wie Tiere oder Bäume –
So ganz und unverhüllt er selbst zu sein.

Er glich in keinem Atemzug den andern,
Denn ihn besaß nicht Haus noch Hof und Feld.
Das Ufer jenseits war sein Ziel beim Wandern
Und nachts das Sternbild über seinem Zelt.

– Wer tauschte nicht des Krösus Scheckbuch ein,
In seiner Nähe bettelarm zu sein...

1938

LIEBESLIED

Wenn du mich einmal nicht mehr liebst,
Laß mich das ehrlich wissen.
Daß du mir keine Lüge gibst
Noch Trug in deinen Küssen!

Daß mir dein Herz die Treue hält,
Mußt du mir niemals schwören.
Wenn eine andre dir gefällt,
Sollst du nicht mir gehören.

Wenn du mich einmal nicht mehr magst,
Und geht mein Herz in Scherben –
Daß du nicht fragst, noch um mich klagst!
Ich kann so leise sterben.

ZÄRTLICHE EPISTEL

Der blaue Himmel ist nur halb so blau,
Weil du nicht da bist, Liebster. Deine Nähe
Macht, daß ich alles Schöne schöner sehe.
Ich bin doch eine unmoderne Frau!

Ich liebe dich trotz Ehering und Sorgen.
Und Heimat ist nur, wo mit dir ich bin.
Fühl ich mich doch noch heimlich Königin,
Auch wenn uns Wirt und Bäcker nicht mehr borgen.

Musik ist, wo du bist. Dein Stirb und Werde.
Ja, selbst der Kummer trägt ein schönes Kleid.
Viel lieber noch ist mir der Träumer Leid
Als sattes Glück der wohlversorgten Herde.

Der Wald hier, mein Lieb, ist ein richtiger Wald!
Und die Bäume ... Die Bäume, sie rauschen.
Und »le lac« ist ein See. Ein richtiger See.
Und die steigenden Hügel – kein Traum.
Oh, wie gut ist's, dem Schweigen zu lauschen
Und dem Vogelgezwitscher im Baum.

Du wirst bestimmt zum Wochenende kommen?
Gesegnet sei das gute Telefon!
Es gibt hier Rehe. – (Unser kleiner Sohn
Und meine Sehnsucht haben zugenommen.)

Kein Wiedersehen ohne Abschiedsschmerz,
Das gilt noch immer. Aber, liebes Herz,
Man muß sich nicht so schrecklich weit entfernen,
Um diese alte Weisheit neu zu lernen ...

Sonett in Dur

Ich frage mich in meinen stillen Stunden,
Was war das Leben, Liebster, eh du kamst
Und mir den Schatten von der Seele nahmst.
Was suchte ich, bevor ich dich gefunden?

Wie war mein Gestern, such ich zu ergründen,
Und sieh, ich weiß es nur noch ungefähr.
So ganz umbrandet mich das Jetzt, dies Meer,
In das die besten meiner Träume münden.

Vergaß ich doch, wie süß die Vögel sangen,
Noch eh du warst, der Jahre buntes Kleid.
Mir blieb nur dies von Zeiten, die vergangen:
Die weißen Winter und die Einsamkeit.

Sie warten meiner, läßt du mich allein.
Und niemals wieder wird es Frühling sein.

SONETT IN MOLL

Denk ich der Tage, die vergangen sind,
Und all des Lichtes, das tief in uns strahlte,
Da junge Liebe Wolken rosig malte
Und goldne Krone lieh dem Bettlerskind.

Denk ich der Städte, denk ich all der Straßen,
Die wir im Rausch durchflogen, Hand in Hand ...
Sie führten alle in das gleiche Land,
Das Land, zu dem wir längst den Weg vergaßen.

Nun stehn die Wächter wehrend vor den Toren
Und reißen uns die Krone aus dem Haar.
Grau ist die Wolke, die so rosig war.
Und all das Licht, das Licht in uns – verloren.

Im Traume nur siehst du es glühn und funkeln.
– Ich spür es wohl, wie unsre Tage dunkeln.

BEGEGNUNG IM PARK

Wenn es mich überkommt,
Sagte der Alte,
Und an Gründen mangelt es nicht,
Red ich mir zu: Getrost, alter Narr,
Noch ein Jährchen, noch zweie.

Da flog das Liebespaar vorüber.
In einer Kapsel von Glück.

Er schwieg ihnen lange nach.

Die Armen, sagte er, die Armen!

Dann erhob sich sein Kopf und ging schüttelnd mit ihm davon.

SIGNAL

Als wir zu dritt
Die Straße überquerten,
Wurde sogar
Die Verkehrsampel
Rot.
Umstellt von der Meute
Abgasschnaubender Wagen,
Ergriff ich den Arm des einen,
Der rechts von mir ging.
Nicht den des anderen,
Dessen Ring ich trug.
Als wir zu viert
Uns jenseits der Kreuzungen
Trafen,
Wußten es alle.
Der eine. Der andre.
Das Schweigen.
Und ich.

Abschied – nach berühmtem Muster

Scheiden heißt sterben. Und Abschied, das ist Tod.
Noch eh du fortgehst, hast du mich verlassen.
Schon trauert es um dich in allen Gassen,
Und »letzter Tag«, das schmeckt wie Gnadenbrot.

Warten heißt welken. Nichts kehrt so zurück,
Wie's einmal war. Wer kann das wohl ergründen?
Du wirst mich treffen, aber nicht mehr finden.
So wird es sein. Ich kenne dieses Stück.

Der Vorhang fiel, wie es das Stück gebot.
Zuhaus erwarten mich vier fremde Wände.
Dein Schritt verhallt. Und so beginnt das Ende.
Scheiden heißt sterben. Und Abschied, das ist Tod.

Finale con moto

Du hast in mir viel Lichter angezündet,
Mit blauen Träumen mir den Tag erfüllt,
Und alles Blühen, alles Leuchten mündet
Noch im Erlöschen hin zu deinem Bild.

Du kamst: Zum Garten ward das Grau der Straßen.
Du kamst nicht, und der Tag hat nicht gezählt.
Wie hat, allein, das Leben mich gequält.
Der große Trug, den wir zu zweit vergaßen.

Es war der gleiche Sang in unserm Blut,
Die gleiche Saite, jäh entzweigerissen.
Ein müder Klang, um den wir selbst kaum wissen,
Jahrtausendalte, halberstorbne Glut.

Verwehter Ton, der noch im Klingen schweigt,
Gesumm, das ohne Anfang ist und Ende.
Da sich der Schatten deines Ahns dir neigt,
Umfängt auch mich der Segen seiner Hände.

Stumm zu verlöschen, ist der letzte Sinn,
Still fortzugehen, eh das Feuer schwindet.
Du hast in mir viel Lichter angezündet ...

Du sollst nicht wissen, daß ich einsam bin.

Die Dritte Sinfonie

Als ich heut wieder Mahlers »Dritte« hörte,
Umfingen mich die Schatten alter Zeit,
Und auf den Schwingen der Unendlichkeit
Entfloh ich dieser Stadt und dem Getriebe,
In das Gewoge der Vergangenheit,
In das Vineta unsrer ersten Liebe.

Ein Gestern grüßte mich bei jedem Schritte,
Das dunkle Tor, das dem Erinnern sich
Stets halb verweigert hatte – Mahlers »Dritte«
Erschloß es wie ein »SESAM ÖFFNE DICH!«
Und alles, was jahrzehntelang schon schlief,
Schien aufbewahrt in ›unserem‹ Motiv ...

Wie Japanblumen, leblos im Papier,
Im Wasser aufgehn und sich bunt entfalten –
So regten sich bei jedem Takt in mir
Die eingefrornen Träume und Gestalten.
Daß es doch möglich wär, sie festzuhalten,
– Den Augenblick, und was ihm bang entstieg,
Die Stimme, was sie sagte und verschwieg –
Sich fortzuretten aus den Gletscherspalten
Ins Sonnenreich unsterblicher Musik.

Im Volkston

Nun bin ich worden fünfzig Jahr
Und muß bald scheiden. Schon?
Wie kurz das liebe Leben war.
Was lieb ist, eilt davon.

Herr, der du unsre Herzen zwei
Gefügt zu einem Stück,
Ist meines Liebsten Zeit vorbei,
So nimm auch mich zurück.

GRUSS AUS DAVOS

Es hustet einer so wie du
Im Zimmer nebenan.
Ich sah ihn heut am Frühstückstisch,
Den fremden kranken Mann.

Das Personal stand wie ein Heer
Vor seinen Wünschen Wacht,
Und jeder seiner Blicke schien
Zu kommandieren: Habt acht!

Er aß und trank, er aß und las
Sein vaterländisch Blatt.
Und in der Küche heißt man ihn
Den Herrn von Nimmersatt.

Mit diesem Individuum
Wohn ich nun Tür an Tür.
– Und hustet es von nebenan,
So sehn ich mich nach dir ...

NACHT OHNE SCHLAF

Ich weiß, daß du jetzt wachst in deiner Nacht,
So wie ich schlaflos wache in der meinen.
Der gleiche Mond, der mich so kühl verlacht,
Wird wohl auch jetzt dir Ruhelosem scheinen.

Ich weiß, das Leid, das ich dir nicht geklagt,
Wird mir im stillen Vers zur Ruhe gehen.
So mag dein Weh, das du mir nicht gesagt,
Dich tröstend wie ein Morgenwind umwehen.

Kommentar überflüssig

Kein Wort ist groß genug, es ganz zu sagen,
Kein Ton so rein, daß es in ihm erklingt.
Wir müssen alles in uns weitertragen,
Tief wissend, daß es endlich uns bezwingt.

Und leise spür ich, wie wir uns entgleiten,
Da jeder stumm sein starres Schweigen schweigt.
Wie aus dem Nebel schimmern fern die Zeiten,
Da eines sich dem andern zugeneigt.

So fällt am Morgen jeder Traum zusammen.
So stirbt zur Nacht das Licht des Tages bang.
Zu fahler Asche brennen alle Flammen.
– Das Lied ist aus. Die Melodie verklang.

Ein Post Scriptum

Von meinem alten Anwalt kam ein Brief.
Er schreibt wie immer.
Sachlich, fachlich. Ihr ergebener.

Da übersah ich beinah
das Post Scriptum.

»Nun, da mein Leben sich dem Abend zuneigt
und jenes dunkeln Engels Flügelschlagen
schon manche Nacht den Herzschlag übertönt,
will ich, Verehrteste, es ein Mal sagen:
Ich habe dreißig Jahre Sie geliebt.

Nun liegt ein Weltmeer zwischen mir und Ihnen.
Und immer warte ich, daß noch ein Brief,
kein Liebesbrief und doch ein Schmetterling,
in mein mit Akten tapeziertes Leben
flattert.«

Ich und Du

Ich und Du wir waren ein Paar
Jeder ein seliger Singular
Liebten einander als Ich und als Du
Jeglicher Morgen ein Rendezvous
Ich und Du wir waren ein Paar
Glaubt man es wohl an die vierzig Jahr
Liebten einander in Wohl und in Wehe
Führten die einzig mögliche Ehe
Waren so selig wie Wolke und Wind
Weil zwei Singulare kein Plural sind.

Im Exil

STILLES GEBET

Ich dank dir Herr
In jeder stillen Stund
Ist auch mein Mund
Scheu und verschwiegen.
Ich stehe hier
An meines Kindes Wiegen
Und ohne Wort
Dankt es in mir.

Februar 1938

AUFBRUCH

Dem Eichhorn gleich, das seine Nuß verscharrt
Als Zehrung für die kalten Hungertage,
So grab ich meine blauen Träume ein
Und alles Hoffen, das ich in mir trage.

Die Spuren tilgend vor der Füchse Blick,
– Verborgne Schätze, finde ich euch wieder?
Wer weist den Weg mir, kehre ich zurück?
Des Adlers Flug und einer Lerche Lieder.

Sei achtsam, spreche ich zum Sommerregen.
Behutsam, bitte ich den Winterschnee.
So bangt das Herz um die verscharrten Träume,
Ich aber weiß, daß ich sie nimmer seh.

Stumm folge ich dem Zug der fremden Brüder.
Die tragen große Fahnen vor sich her.
Doch sah ich ihre Augen gegen Abend,
Sie waren leer.

So schlepp ich weiter an der schweren Kette
Und presse Brot und Wasser aus dem Stein.
Kehr ich einst wieder, werden meine Hände
Zu rauh für alle blauen Träume sein.

Zeit für Krähen

Das ist die Zeit der Krähen.
Die Nachtigallen schweigen.
Es geht ein düstrer Reigen.
Die Schnitter mähen, mähen,
Und keiner kommt, zu säen.

Das ist die Zeit der Raben.
Schwarz krächzt es durch die Wälder,
Wild flattert's um die Felder.
Sie sammeln sich zur Feier,
Die Raben und die Geier.

Erschöpft vom Mahle schwanken
Sie träg empor und danken,
Die Geier und die Raben,
Für all die Gottesgaben ...

Und nur die Lerchen schwingen
Sich auf ins Morgenrot.
Doch die Sirenen singen
Auch hier das Lied vom Tod.

Da lauschen sie und neigen
Die Schwingen müd und bang.
Die zarten Köpfe beugen
Sie tief und horchen lang.

Und ihr Gejauchz wird Schweigen.
Und Trauer ihr Gesang.

ZEITGEMÄSSE ANSPRACHE

Wie kommt es nur, daß wir noch lachen,
Daß uns noch freuen Brot und Wein,
Daß wir die Nächte nicht durchwachen,
Verfolgt von tausend Hilfeschrein.

Habt ihr die Zeitung nicht gelesen,
Saht ihr des Grauens Abbild nicht?
Wer kann, als wäre nichts gewesen,
In Frieden nachgehn seiner Pflicht?

Klopft nicht der Schrecken an das Fenster,
Rast nicht der Wahnsinn durch die Welt,
Siehst du nicht stündlich die Gespenster
Vom blutigroten Trümmerfeld –?

Des Tags, im wohldurchheizten Raume:
Ein frierend Kind aus Hungerland,
Des Nachts, im atemlosen Traume:
Ein Antlitz, das du einst gekannt.

Wie kommt es nur, daß du am Morgen
Dies alles abtust wie ein Kleid
Und wieder trägst die kleinen Sorgen,
Die kleinen Freuden, tagbereit.

Die Klugen lächeln leicht ironisch:
Ça c'est la vie. Des Lebens Sinn.
Denn ihre Sorge heißt, lakonisch:
Wo gehn wir heute abend hin?

Und nur der Toren Herz wird weise:
Sieh, auch der große Mensch ist klein.
Ihr lauten Lärmer, leise, leise.
Und laßt uns sehr bescheiden sein.

An meinen Schutzengel

Den Namen weiß ich nicht. Doch du bist einer
Der Engel aus dem himmlischen Quartett,
Das einstmals, als ich kleiner war und reiner,
Allnächtlich Wache hielt an meinem Bett.

Wie du auch heißt – seit vielen Jahren schon
Hältst du die Schwingen über mich gebreitet
Und hast, der Toren guter Schutzpatron,
Durch Wasser und durch Feuer mich geleitet.

Du halfst dem Taugenichts, als er zu spät
Das Einmaleins der Lebensschule lernte.
Und meine Saat, mit Bangen ausgesät,
Ging auf und wurde unverhofft zur Ernte.

Seit langem bin ich tief in deiner Schuld.
Verzeih mir noch die eine – letzte – Bitte:
Erstrecke deine himmlische Geduld
Auch auf mein Kind und lenke seine Schritte.

Er ist mein Sohn. Das heißt: er ist gefährdet.
Sei um ihn tags, behüte seinen Schlaf.
Und füg es, daß mein liebes schwarzes Schaf
Sich dann und wann ein wenig weiß gebärdet.

Gib du dem kleinen Träumer das Geleit.
Hilf ihm vor Gott und vor der Welt bestehen.
Und bleibt dir dann noch etwa freie Zeit,
Magst du bei mir auch nach dem Rechten sehen.

DER FREMDE

Sie sprechen von mir nur leise
Und weisen auf meinen Schorf.
Sie mischen mir Gift in die Speise.
Ich schnüre mein Bündel zur Reise
Nach uralter Vorväter Weise.
Sie sprechen von mir nur leise.
Ich bleibe der Fremde im Dorf.

AUF EINER BANK

In jenem Land, das ich einst Heimat nannte,
Wird es jetzt Frühling wie in jedem Jahr.
Die Tage weiß ich noch, so licht und klar,
Weiß noch den Duft, den all das Blühen sandte,
Doch von den Menschen, die ich einst dort kannte,
Ist auch nicht einer mehr so, wie er war.

Auch ich ward fremd und muß oft Danke sagen.
Weil ich der Kinder Spiel nicht hier gespielt,
Der Sprache tiefste Heimat nie gefühlt
In Worten, wie die Träumenden sie wagen.
Doch Dank der Welle, die mich hergetragen,
Und Dank dem Wind, der mich an Land gespült.

Sagst du auch *stars*, sind's doch die gleichen Sterne,
Und *moon*, der Mond, den du als Kind gekannt.
Und Gott hält seinen Himmel ausgespannt,
Als folgte er uns nach in fernste Ferne,
(Des Nachts im Traum nur droht die Mordkaserne)
Und du ruhst aus vom lieben Heimatland.

Einer Negerin im Harlem-Express

Dunkles Mädchen eines fremden Stammes,
Tief im Dschungel dieser fremden Stadt,
Deiner Augen schwarzverhangne Trauer
Sagt mir, was dein Herz gelitten hat.

Immer möchte ich dich leise fragen:
Weißt du, daß wir heimlich Schwestern sind?
Du, des Kongo dunkelbraune Tochter,
Ich, Europas blasses Judenkind.

Vor der Schmach, die Abkunft zu verstecken,
Schützt dich, allen sichtbar, deine Haut.
– Vor der andern Haß, da sie entdecken,
Daß sie dir »versehentlich« vertraut.

DER EREMIT

Sie warfen nach ihm mit Steinen.
Er lächelte mitten im Schmerz.
Er wollte nur sein, nicht scheinen.
Es sah ihm keiner ins Herz.

Es hörte ihn keiner weinen,
Er zog in die Wüste hinaus.
Sie warfen nach ihm mit Steinen.
Er baute aus ihnen sein Haus.

UNTER FREMDEM DACH

Nachts hör ich den Regen
Unter fremdem Dach.
Regen ... Regen ...
Wie hältst du mich wach
Unter fremdem Dach!

So rauschte der Regen
In jenem Jahr
Durch singende Birken
Im triefenden Haar,
In meiner Heimat
Fontänen.

Nun rauscht er mir nimmer
Von Quelle und Bach.
Nun rauscht er mir immer
Von Tränen.

Regen ... Regen ...
Unter fremdem Dach
Hab ich zu lang,
Zu lang gelegen.

DACHKAMMERMUSIK

Von oben kommt der Segen.
Von oben kommt das Ach.
Ich wohne mit dem Regen
Hier oben unterm Dach.

Im Keller die Proleten,
Sie hausen mit der Maus,
Doch Amseln und Poeten,
Die leben hoch hinaus.

Tief unter uns Gewimmel,
Gekrieche und Gekrach.
Zum Nachbarn nur den Himmel,
So wohnt man unterm Dach.

DER KLEINE UNTERSCHIED

Es sprach zum Mister Goodwill
ein deutscher Emigrant:
»Gewiß, es bleibt dasselbe,
sag ich nun *land* statt Land,
sag ich für Heimat *homeland*
und *poem* für Gedicht.
Gewiß, ich bin sehr happy:
Doch glücklich bin ich nicht.«

Ursache unbekannt

>»X. Y., ein Emigrant aus Deutschland,
... beging Selbstmord.
– Die Ursache ist unbekannt.«
>
> Zeitungsnotiz

Früh wachst du auf mit schwarzumflorter Ahnung.
Die Post bringt nichts als eine Schuldenmahnung.
Wo bleibt der Rest? Wer wartet noch darauf ...
– An solchem Tag dreht man den Gashahn auf.

Oh, dieser Stunden Qual, da nichts geschieht.
Kein Wort. Kein Schritt. Kein hoffnungsvolles Läuten.
Du bist vergessen wie ein altes Lied
Von all den Ohren, die die Welt bedeuten.

Wie groß summieren sich die »kleinen« Qualen:
Nicht mal den Doktor konntest du bezahlen.
So müde macht dies bißchen Lebenslauf.
An solchem Tag dreht man den Gashahn auf.

Da hilft es nichts, daß man sich wie ein Kind
An Worte hängt, die bunt und tröstlich klingen.
– Was sollen dir die sogenannten Schwingen
In einem Kampf, den nur die Faust gewinnt.

Da hilft nur dies: sich selbst davonzulaufen
Und fremd im Regen durch die Stadt zu wehn.
Fürs letzte Geld den letzten Trunk zu kaufen
Und dann dem Leben aus dem Weg zu gehn.

»Window-Shopping«

Brillantgefunkel für den Hals der Lady,
Parfum, zehn Dollar aufwärts, für die Gnädi-
ge Frau. Ein wirklich echtes Nerzcape für den Spitz,
Aus Sandelholz der – hm, Toilettensitz.
Da strömt das Volk im billigen Sonntagsschuh
Zum Luxusfenster der Fifth Ävennjuh
Und liegt vorm goldnen Kalb platt auf dem Bauche.

Wenn ich mir schweigend diesen Prunk betrachte,
Denk ich mir nur, was Sokrates schon dachte:
Wie vieles gibt es doch, was ich nicht brauche!

Wie sag ich's meinem Kinde?

Jüngst sah mein kleiner Sohn
Den ersten Totenwagen.
– Er gab nicht einen Ton
Und stellte keine Fragen.

Doch dann, nach ein paar Tagen,
Begann er zögernd-leis.
– Was konnte ich schon sagen,
Wo man doch selbst nichts weiß.

Das Schulrezept: Botanik,
»Vom Werden und Verderben«,
Erzielte nichts als Panik:
»Mama, auch du kannst sterben?!«

Es war nicht pädagogisch,
Vom Fortbestand der Seelen,
Und viel zu theologisch,
Vom Himmel zu erzählen.

Doch mangels akkuraten
Berichts aus jenen Sphären,
Erschien es mir geraten,
Zu trösten statt zu lehren.

Im Kreis der »Aufgeklärten«
Bin ich darob verfemt.
– Verzeiht, ihr Herrn Gelehrten,
Wenn mich das nicht sehr grämt.

Die Bücherweisheit ist bankrott,
Der Blinde führt den Blinden.
– Und wahrlich, gäb es keinen Gott,
Man müßte ihn erfinden.

VAGABUNDENSPRUCH

Man soll seinen Mantel nicht zu lang an den gleichen Nagel
                                                        hängen,
Weil es so oft dieser Nagel nur ist, der uns am Ende noch hält.
– Wer von uns weiß es denn noch, daß auch die düsteren, engen
Gassen ins Offene führen, in die unendliche Welt...

Bleib du in keiner Stadt; denn ihre Türme und Mauern
Sind Menschenwerk und haben nicht Bestand.
Doch Wälder, Berg und Strom schuf Gottes Hand.
Sie werden uns ein Weilchen überdauern
Auf diesem Stern, wo man so rasch vergißt.
– Wer sollte wohl um unsereinen trauern,
Der überall ein Zugereister ist;
Ein Herbergsschild vielleicht? Ein Polizist?

Was mich betrifft, ich weiß, es grünt das Feld,
Wenn längst kein räudiger Hund mehr nach mir bellt.
Und Schiffe ziehn, und Küsten blühn für andre.
Wer weiß das nicht?... Weil sich das so verhält
Auf dieser tollen, Wunder vollen Welt,
Nimm deinen Mantel von der Wand und wandre.

APROPOS HOLLYWOOD

Hollywood, das ist keine Stadt. Schon eher eine Erfindung.
Für Fremde: eine Mischung von Palmen und schlechter
Verbindung.
Für Eingeborne: Ein Wohnsitz, mit Traumfabriken garniert,
Für Zugereiste: ein Zustand, der häufig zu Zuständen führt.

Gewiß, ich habe die Studios gesehn, und ich fand sie durchaus
nicht von Pappe,
Und Donald Duck in eigner Person, und echte Natur als
Attrappe.
Auch Gott, den Herrn, in Technicolor, er gab mir sein
Autogramm.
Und der Hauptengel blies das Saxophon, da standen die
Heerscharen stramm.

Die Betten der Stars sind aus Elfenbein
Und die Klos aus echtem Platin,
Man trägt dort die Herzen aus Marmelstein
Und weint nur Ia Glyzerin.

Mit heiligem Schauder, zu mäßigen Preisen,
Darf der Tourist das Schloß umkreisen,
Darinnen das neueste Filmsternchen thront.
Doch von der Garbo geht die Sage,
Daß Greta bis zum heutigen Tage
Noch nicht mal selbst weiß, wo sie wohnt.

Ob Marilyn sich räuspert, ob Micky Mouse spuckt,
Wird im Lokalblatt fettgedruckt,
Durchrast die Welt per Syndikat.
In diesem Dorf bleibt nichts privat.
Doch läßt man dich in Ruh, o weh,
Erschieß dich, Lump, du bist passé.

Hollywood, das ist keine Stadt. Noch eher 'ne Weltanschauung:
Kategorischer Box-office-Imperativ als höchstes Prinzip der
Erbauung.

Herstellungszentrale für Massenglück von zirka drei Stunden Dauer.
Die Scheinwelt als Wille und Vorstellung, adapted from Schopenhauer.

DER JUNGE JOSEPH

(Für Thomas Mann)

Die ihr der Träume dunklen Sinn nicht faßt,
Wie haßt ihr mich, dem sich die Sterne neigen.
Wie ward der Auserwählte euch zur Last,
Da er das Wort berief, für ihn zu zeugen.

Ich bin der Becher bis zum Rand gefüllt,
Unkundig noch der großen Demut Schweigen.
Da sich der Brüder Garben vor mir beugen,
Werd ich zum Strom, der schwatzend überquillt.

Um Silberlohn verschachert ihr das Kind
Und glaubet so den Plan des Herrn vernichtet.
Mir aber ist ein goldner Thron errichtet
In jenen Landen, die euch fremde sind.

September 1946

Zeit- und Unzeitgedichte

ALTMODISCHES UHRENLIED

Mein Zeiger läuft
Und kommt doch nirgends an.
Er tickt mir Zeit und Unzeit
Nach festgefügtem Plan.
Ich schlafe oder wache,
Er aber geht und geht.
Was immer ich auch mache,
Er tickt: Zu spät. Zu spät. Zu spät. -

Von Zeit zu Zeit ertönen
Vier Schläge, zögernd, lang.
Ein Glöcklein hör ich stöhnen,
Mir wird von Herzen bang.
Da falten sich die Hände,
Es hat gewinkt, es hat gewankt.
Der Pendel stockt behende –
Ich bin am Ende
Angelangt.

In dieser Zeit

Wir haben keine andre Zeit als diese,
Die uns betrügt mit halbgefüllter Schale.
Wir müssen trinken, denn zum zweiten Male
Füllt sie sich nicht. – Vor unserm Paradiese

Droht schon das Schwert, für das wir auserlesen,
Verlorner Söhne landvertriebene Erben.
Wir wurden alt, bevor wir jung gewesen,
Und unser Leben ist ein Nochnichtsterben.

Wir kamen einst mit Kindes Gläubigkeit
In ein vom Sturm verwüstetes Jahrhundert.
Einst hofften wir. Nun schweigt's in uns verwundert.
Ihr aber könnt nur helfen dem, der schreit.

Verstohlen träumen wir von Wald und Wiese
Und dem uns zugeworfnen Brocken Glück ...
Kein Morgen bringt das Heute uns zurück,
Wir haben keine andre Zeit als diese.

NOTIZEN

Meine Kindheit weht zu mir herüber
Fernes Glockengeläut aus dem Nebel.

Dort ist immer November
Sehnsucht, Halsweh und Angst.

Im Keller hausen Gespenster
Der Kinderverzehrer im Dach.

Die Wände der guten Stube
Mit plüschrotem Nein tapeziert

Fernes Glockengeläut durch den Frost
Dunkel und Flüstern und Fliehen
Und atmen daß keiner dich hört

Und immer fremdere Nachbarn
Und andere Dialekte

Die alte Wobinichdennangst
Das feindliche Bett im Nirgendwo
Fremder Seifengeruch auf dem Kissen

So viele Brücken hinter dir verbrannt
Aus ihrer Asche immer wieder die falsche, die neue
Phönix-Heimat. Ich kann ja schreien. Gott sei Dank.

Fragnichtsoviel
Die Fenster zu. Die Rolläden bleiben herunter.
Wer an der Tür läutet, der Postbote kann's nicht sein.
Kinder werden gesehen nicht gehört
Weinen ist lebensgefährlich

Meine Kindheit ein fernes Geläute
Heimweh und juckende Socken
Geküßt wurde nur auf dem Bahnhof.

Der See war zum Ertrinken da, im Sommer
Im Winter: zum Beinebrechen.
Der Himbeerstrauch rief Verboten.

Wie waren die Großen so groß
Das Tor nur auf Zehen zu öffnen
Draußen sang schmetternd die Magd
Ein Vogel pfiff in der Laube
Der Himmel frischgewaschen und weit
Eine Blausilbermurmel aus Glas
Draußen war Freiheit war Liebe.

Vielleicht

Enfant terrible

Ich
Habe eine
Ich habe eine Puppe
Gestohlen.
Die ich mir wünschte
Bekam ich nie.
Drei Geburtstage lang
Und dann die mit Tintenaugen
Und Haaren aus Zelluloid.
Beinah ist oft schlimmer als Nein.
Nun habe ich eine.
(Gestohlen.)

VOR DEM SPIEGEL

Wo blieb das kleine Mädchen mit den Zöpfen ...
Dem blauen Schulkleid mit den Perlmuttknöpfen,
– Auf Zehenspitzen seine stumpfe Nase
Noch stumpfer pressend an dem Spiegelglase,
Um, wie's der alten Köchin einst geschehen,
Das ferne Bild der Zukunft drin zu sehen ...
Oh, Spieglein, Spieglein an der Wand,
Wohin hast du das Kind verbannt?

Die Zukunft suchte ich in vielen Spiegeln;
Doch blieb sie mir ein Buch mit sieben Siegeln.
Nun reck ich mich im Spiegel dieser Zeit
Und such darin nach der Vergangenheit.
Er aber zeigt mir unverwandt und hart
Das fremde Antlitz dieser Gegenwart,
Verweigernd mir mein eigenstes Gesicht.
– Doch davon sprach die alte Köchin nicht.

Nennen wir es »Frühlingslied«

In das Dunkel dieser alten, kalten
Tage fällt das erste Sonnenlicht.
Und mein dummes Herz blüht auf, als wüßt es nicht:
Auch der schönste Frühling kann nicht halten,
Was der werdende April verspricht.

Da, die Amseln üben schon im Chor,
Aus der Nacht erwacht die Welt zum Leben,
Pans vergessenen Flötenton im Ohr ...
Veilchen tun, als hätt' es nie zuvor
Laue Luft und blauen Duft gegeben.

Die Kastanien zünden feierlich
Ihre weißen Kerzen an. Der Flieder
Bringt die totgesagten Jahre wieder,
Und es ist, als reimten alle Lieder
Sich wie damals auf »Ich liebe dich«.

– Sag mir nicht, das sei nur Schall und Rauch!
Denn wer glaubt, der forscht nicht nach Beweisen.
Willig füg ich mich dem alten Brauch,
Ist der Zug der Zeit auch am Entgleisen –
Und wie einst, in diesem Frühjahr auch
Geht mein wintermüdes Herz auf Reisen.

SOZUSAGEN GRUNDLOS VERGNÜGT

Ich freu mich, daß am Himmel Wolken ziehen
Und daß es regnet, hagelt, friert und schneit.
Ich freu mich auch zur grünen Jahreszeit,
Wenn Heckenrosen und Holunder blühen.
– Daß Amseln flöten und daß Immen summen,
Daß Mücken stechen und daß Brummer brummen.
Daß rote Luftballons ins Blaue steigen.
Daß Spatzen schwatzen. Und daß Fische schweigen.

Ich freu mich, daß der Mond am Himmel steht
Und daß die Sonne täglich neu aufgeht.
Daß Herbst dem Sommer folgt und Lenz dem Winter,
Gefällt mir wohl. Da steckt ein Sinn dahinter,
Wenn auch die Neunmalklugen ihn nicht sehn.
Man kann nicht alles mit dem Kopf verstehn!
Ich freue mich. Das ist des Lebens Sinn.
Ich freue mich vor allem, daß ich bin.

In mir ist alles aufgeräumt und heiter:
Die Diele blitzt. Das Feuer ist geschürt.
An solchem Tag erklettert man die Leiter,
Die von der Erde in den Himmel führt.
Da kann der Mensch, wie es ihm vorgeschrieben,
– Weil er sich selber liebt – den Nächsten lieben.
Ich freue mich, daß ich mich an das Schöne
Und an das Wunder niemals ganz gewöhne.
Daß alles so erstaunlich bleibt, und neu!
Ich freu mich, daß ich ... Daß ich mich freu.

SEHNSUCHT NACH DEM ANDERSWO

Drinnen duften die Äpfel im Spind,
Prasselt der Kessel im Feuer.
Doch draußen pfeift Vagabundenwind
Und singt das Abenteuer!

Der Sehnsucht nach dem Anderswo
Kannst du wohl nie entrinnen:
Nach drinnen, wenn du draußen bist,
Nach draußen, bist du drinnen.

GEISTLICHES LIED

Des Menschen Leib fühlt sich daheim auf Erden;
Denn alles Irdische ist ihm verwandt.
Sein Geist jedoch muß hier zum Fremdling werden,
Der Himmel ist sein wahres Heimatland.

Fünf Tore rufen ihn zur Erde heiter,
Und hinter jedem Tore gähnt das Grab.
Zum Himmel führt nur eine schmale Leiter,
Doch Gottes Engel gehn dort auf und ab.

Es jagt der Leib vergebens nach der Krone
Und sammelt Schätze an im Haus der Zeit.
Der Geist, gleich dem verbannten Königssohne,
Sehnt sich zurück ins Reich der Ewigkeit.

New York, November 1954

NACHTS GEGEN DREI

Mein Herz schrie auf. Ich bin erwacht
Und starre dunkel in die Nacht.
Die Stadt schlief ein auf grauem Stein.
Ich bin allein. Bin ganz allein.

Mich hat ein Traum erschreckt.
Das hinterlistige Tier,
Der tags verscheuchte Kummer streckt
Die Fänge aus nach mir.

Erstorben schweigt das laute Haus.
Nun ging die letzte Lampe aus.
Wer jetzt nicht ruht, den weckte Schmerz.
Ich bin erwacht. Es schrie mein Herz.

Wie ich vor dem Fenster, so stehn
Allerorten wohl nächtliche Brüder,
Die Sterne verblassen zu sehn
Und dem Uhrenschlag wieder und wieder
zu lauschen und dem Klang der verschollenen Lieder
In des Morgenwinds tröstlichem Wehn ...

NACHTS

I.

Es hat an meine Tür geklopft.
Ich wagte kein »Herein«!
Doch klopfte es ein zweites Mal,
Ich sagte wohl nicht nein.

Noch war das Sterben mir so fremd.
Das war, als es begann.
Doch, schläft man oft im Totenhemd,
Gewöhnt man sich daran.

II.

Die Nacht,
In der
Das Fürchten
Wohnt,

Hat auch
Die Sterne
Und den
Mond.

Sei Still ...

Als ich der Mutter meinen Kummer klagte,
Ich höre noch, was sie dem Kinde sagte
Mit einem Lächeln, wie ich's nie gesehn –
»Sei still, es wird vorübergehn.«

So hielt ich still. Und manches ging vorüber.
Denn alles geht vorüber mit der Zeit:
Das große Glück. Das Frösteln und das Fieber.
Selbst ein Novembertag, ein noch so trüber.
Beständig bleibt nur: Unbeständigkeit.

Als dann der große Zweifel an mir nagte,
– Ich wußte schon, daß man es keinem klagte
Und daß sogar die Freunde mißverstehn –
So oft ich damals an mir selbst verzagte,
War es die leise Stimme, die mir sagte:
Sei still, es wird vorübergehn.

Was ist nicht alles schon dahingegangen
Wie Schneegestöber und wie Windeswehn ...
Und dennoch hab ich jetzt erst angefangen,
Den Dingen langsam auf den Grund zu sehn.
Wer nichts begehrt, der ist nicht zu berauben,
Gespenster sind nur dort, wo wir sie glauben.
Ich habe lange, lange nicht geklagt.
Nichts tut das Leid dem, der »es tut nichts« sagt.
Sei, der du bist. Mag kommen, was da will.
Es geht an dir vorüber, bist du still.

STICKMUSTER-SPRUCH FÜRS KOPFKISSEN

Sobald man beginnt,
Gespenster zu sehen,
Und spärlich bekleidet
Spazierenzugehen,
Von Türmen zu sinken,
Im Bad zu ertrinken,
– Sobald man sich duzt
Mit Dämonen und Drachen,
Empfiehlt es sich, schleunigst
Aufzuwachen.

Einer von jenen Träumen

Mein Traum war roter Mohn und blaue Rade,
Ein gelbes Weizenfeld, vom Wind gewiegt,
Der Möwen weißer Schrei vom Meergestade,
Ein Sonntagsdorf, das grün im Frieden liegt.

War kühler Trunk in brauner Bauernschenke,
Der Enten jung Geschnatter um den Teich,
Geruch von Heu und Pferden an der Tränke,
Ein Kinderlied, fremd und vertraut zugleich.

Ich griff nach Korn und Mohn und blauer Rade.
Da waren meine Hände blutigrot.
Mir nah zur Seite spürte ich den Tod.
Sein Schatten suchte mich auf jedem Pfade:

Als Söldner lärmte er in allen Schenken,
Von allen Kanzeln in der Priester Tracht.
Im Schulhaus hockte er auf schmalen Bänken,
Und aus dem Dunkel schoß er in der Nacht;

Denn selbst der Vögel sanfter Wolkenflug
War Trug.

Er rief und winkte mir auf allen Wegen.
Da hob ich meine Arme ihm entgegen
Und sprach: Ich weiß, mein Leben ist verwirkt.
Für mein Vergehen gibt es keine Gnade.

Da jeder Halm ein frühes Grab verbirgt,
Kam ich um roten Mohn und blaue Rade –.
Erschrocken nickte Halm und Strauch und Baum.
Die Glocken alle schrien.

Dies war mein Traum.

Aus der Vogelperspektive

... denk ich zuweilen an mein voriges Leben,
Möcht ich die Schwingen breiten und entschweben.
Denn in dem jüngst verflognen Leben war
M. K. ein Vogel. Kein hochnobler Aar,
Nur so ein Feld- und Wald- und Wiesen-Star,
Den jemand eingefangen und dressiert,
Daß er, gleich Menschen, Worte repetiert ...

In jener Starenexistenz, wie litt ich
So oft an meinem kurzgestutzten Fittich,
Durch den die Menschen mich im Fluge hemmten
Und mir die Sturmflut der Gefühle dämmten.
– Wär ich ein Mensch, ich ließe mich nicht zähmen!

Doch nun, als Mensch, im Hauptberuf Poet,
Erleb ich, was kein Vogelhirn versteht,
So völlig unbekannt in der Natur
Ist jener Käfig, den man nennt »Zensur«.
Dies darfst du nicht singen und jenes nicht sagen,
Und für das mußt du erst um Genehmigung fragen.
Und kratzt man sich ehrlich,
Wo's jedermann juckt,
Das ist staatsgefährlich
Und wird nicht gedruckt.

– So bleibt man am Ende
Genau, was man war:
Ein fittichgestutzter,
Verdutzter Star ...

Der Traum des Tschuangtse

> »Betrachte ich die Sache recht, so findet sich kein einziges Merkmal, mit Hilfe dessen ich unzweifelhaft bestimmen könnte, ob ich wach bin oder träume. Die Gesichte des Traumes und die Erlebnisse meines Wachzustandes ähneln einander so sehr, daß sie mich verwirren und ich wirklich nicht weiß, ob ich im gegenwärtigen Augenblick nicht träume.«
>
> Descartes

Ihm träumte einst, er wär ein Schmetterling,
Der flatternd durch den blauen Äther ging,
Berauscht von Duft und Morgenluft und Sonne.
Das Leben war die reinste Falterwonne!

Es fiel ihm nicht einmal im Traume ein,
Er könnte jemals jemand anders sein.

Als er jedoch in seinem Bett erwachte,
War er durchaus kein Schmetterling und dachte:
Ich wüßte gar zu gern, wie sich das reimt!
– Wie, wenn von dem »Erwachen« ich erwachte?

Dann lächelte er leise vor sich hin:
Wie weiß ich nun, ob ich der Tschuangtse bin
Oder nur »Tschuangtse«, den der Falter träumt ...?

Wie glücklich ist der Pessimist

Wie glücklich ist der Pessimist,
Wenn etwas schiefgegangen ist!
Und geht es aller Welt auch schlecht,
Ihm bleibt der Trost: Er hatte recht!
Ein Träger düstrer Unheilsbrillen,
Glaubt er nicht mal an »freien Willen«.

Doch gläubig sind die Optimisten,
Ob sie nun Moslems, Juden, Christen.
Und kommen sie einst alle heil
In Gottes Himmelreich,
Dann sagt der Optimiste: »Weil...«,
Der Pessimist: »Obgleich!«

DEM BESTEN FREUNDE

Dem besten Freunde
Klagte er den Schmerz seines Lebens,
Der hörte ihm zu die lange Nacht,
Erhob sich am Morgen:
Ich habe, Freund, redlich das Schlimme
Mit dir geteilt
Und trage meine Hälfte
Nun mit mir fort.

Gar Schlimmes, Lieber,
Hat dir das Leben getan.
Doch wisse, Freund,
Dein Unglück brachte mir Trost
(Siehe, auch dieser
hängt am Kreuze wie du.)
Daß dem so ist im geheimen,
Betrübt mich.
Denn wahrlich, ich bin
Nicht schlechter als andere
Beste Freunde.

Einem Freunde, der sich dem Trunk ergab

»Ja, wo in der Welt möchten Sie denn leben?«
»Überall! Nur nicht in der Welt...«,
antwortete Baudelaire.

Armer Teufel, wie ich dich beneide!
Wenn ich auch zuweilen um dich leide,
Seit du unsre braven Tugendpfade
Und die ganze Lügenmaskerade
Nicht mehr kennst.
Was kann dich noch verletzen?
Lebst du doch nach eigenen Gesetzen.

Wer wie du am Leben so gelitten,
Daß er jene Grenze überschritten,
Kann den Schein nur noch im Wein ertragen.
– Weil der Spuk im Glase dir zerstiebt.
Ob die Flasche dir auch Antwort gibt
Auf die wesentlichste aller Fragen?

Mit dem Spießer würde ich nicht tauschen,
Der dem Trinker sich erhaben dünkt,
Weil er nur des Samstags sich betrinkt!
Doch im Rausch zur Welt hinauszurauschen,
So wie du, und in das Nichts versinken,
Möcht ich wohl. Kommt einmal meine Zeit,
Ganz wie du will ich dann furchtlos trinken
Brüderschaft mit der Unendlichkeit.

NICHTS IST

– sagt der Weise.
Du läßt es erstehen.
Es wird mit dem Wind
Deines Atems verwehen
Unmerklich und leise.
Nichts ist. Sagt der Weise.

IRGENDWER

Einer ist da, der mich denkt.
Der mich atmet. Der mich lenkt.
Der mich schafft und meine Welt.
Der mich trägt und der mich hält.
Wer ist dieser Irgendwer?
Ist er ich? Und bin ich Er?

Kurzes Gebet

Herr, laß mich werden, der ich bin
In jedem Augenblick.
Und gib, daß ich von Anbeginn
Mich schick in mein Geschick.

Ich spür, daß eine Hand mich hält
Und führt, – bin ich auch nur
Auf schwarzem oder weißem Feld
Die stumme Schachfigur.

INVENTAR

1

Haus ohne Dach
Kind ohne Bett
Tisch ohne Brot
Stern ohne Licht.

2

Fluß ohne Steg
Berg ohne Seil
Fuß ohne Schuh
Flucht ohne Ziel.

3

Dach ohne Haus
Stadt ohne Freund
Mund ohne Wort
Wald ohne Duft.

4

Brot ohne Tisch
Bett ohne Kind
Wort ohne Mund
Ziel ohne Flucht.

SONNE

Ich tat die Augen auf und sah das Helle,
Mein Leid verklang wie ein gehauchtes Wort. –
Ein Meer von Licht drang flutend in die Zelle,
Das trug wie eine Welle mich hinfort.

Und Licht ergoß sich über jede Stelle,
Durchwachte Sorgen gingen leis zur Ruh. –
Ich tat die Augen auf und sah das Helle,
Nun schließ ich sie so bald nicht wieder zu.

Ein sogenannter schöner Tod

Eines Morgens wachst du auf und bist nicht mehr am Leben.
Über Nacht, wie Schnee und Frost, hat es sich begeben.
Aller Sorgen dieser Welt
Bist du nun enthoben.
Krankheit, Alter, Ruhm und Geld
Sind wie Wind zerstoben.
Friedlich sonnst du dich im Licht
Einer neuen Küste,
Ohne Ehrgeiz, ohne Pflicht.
– Wenn man das nur wüßte!

Die sogenannten »letzten Dinge«

So wie ich das Leben sehe,
Ist mir eigentlich nicht klar,
Wie man, wenn man in der Nähe
Jener »letzten Dinge« war,

Nah dem Werden und Vergehen,
Tief im Zwiegespräch mit Gott,
– Wie man, als wär' nichts geschehen,
Heimkehrt in den alten Trott

Aus dem Reiche der Aeonen,
Seinen Tag nach Stunden mißt,
Nachts ein Streiter mit Dämonen,
Morgens brav sein Frühstück ißt ...

So wie ich die Dinge sehe,
Will es mir nicht in den Sinn,
Daß man aus dem Ach und Wehe
Des Woher und des Wohin

Heimkehrt wie von kurzer Reise
(Die kein Baedeker beschreibt!)
Und wie je im Freundeskreise
Froh das Leben sich vertreibt;

Sorglos wie ein Kind auf Ferien,
Und als gäb es kein Warum.
– Zu den kosmischen Mysterien
Zähl' ich dies Mysterium.

Mit zunehmendem Alter

Mit zunehmendem Alter und abnehmendem Verstande
Lösen sich oft die festesten Bande,
Lockert sich manches strenge Tabu,
Wird mancher »Engel« zum schnaubenden Rächer,
Werden die Schwächen stärker und die Stärken schwächer,
Und das Lieblingswort lautet: »Wozu?«

MIT ZUNEHMENDEM ALTER UND ABNEHMENDEM VERSTANDE

Mit Zwanzig wußte man ziemlich genau,
Was man wollte.
Nicht etwa, daß man immer auch tat,
Was man sollte.
Aber was man sollen sollte,
Das wußte man genau.
– Heut ist man nur von Zweifeln voll
Und weiß nicht, was man will noch soll.

Rat für Mädchen

Euer Wort – es sei nicht Ja noch Nein,
Auch nicht Ent oder Weder.
Und blickt nur hold und hilflos drein,
Dann hilft gewöhnlich jeder.

Vom Hauskram haltet euch entfernt:
Laßt andre nähn und stricken.
Wer es nun einmal nicht gelernt,
Der braucht auch nicht zu flicken.

Wer dies beherzt, ihr Schönen, bleibt
Die ewige Marquise ...
Wer unbelehrbar ist, der schreibt
Ratschläge nur, wie diese.

AQUARELL IN GRAU

Das ist ein Wetter! Ganz zum Abschiednehmen.
Die graue Welt trägt Trauer. Und mir scheint,
Daß selbst der Himmel um uns beide weint,
Und ohne seiner Tränen sich zu schämen.

Ich habe diesen Tag vorausgesehn.
Warum nur muß ich alles doppelt tragen?
– Einmal in Nachtgesichten, die mich plagen,
Und dann das zweite Mal, wenn sie geschehn ...

So wie ein Häftling, der verurteilt ist,
Verzweifelnd träumen mag das Wunderbare,
Hofft ich auf Wunder diese letzten Jahre
Und lebte nur noch auf Bewährungsfrist.

Die Zeit schreibt harte Zeilen in mein Buch,
Und ihre Handschrift kann ich selten lesen.
Ein Wort erkenn ich immerfort: gewesen.
Doch wer entziffert mir den ganzen Spruch?

Ich habe oft versucht, ihn zu ergründen.
Mit Blut geschrieben schien, was ich da las,
Gelöscht mit Streusand aus dem Stundenglas.
Jedoch der Sinn ... wer kann den Sinn mir künden?

HERBSTLICHER VERS

Nun schickt der Herr das Leuchten in die Wälder.
Grellbunte Brände lodert jedes Blatt.
Wie welkt das Herz dem wandermüden Fremden,
Der nur die Einsamkeit zur Heimat hat ...

Schon fegt der Sturm den Sommer in die Gosse.
Im Park der Ahornbaum schreit blutigrot.
Der Regen weint die immergleichen Tropfen,
Und auf den Wiesen riecht es morsch nach Tod.

Da überfällt den Wandrer banges Schweigen
Und tiefes Weh um Schönheit, die verdirbt.
Herr, nimm mich fort aus diesem letzten Glühen
Und laß mich sterben, eh mein Sommer stirbt.

CHANSON FÜR DREHORGEL

Gäb uns der Herr Genies statt der Talente!
Zwei Drittel Weisheit und ein Drittel List.
Wär man daheim in jedem Kontinente
Statt überall ein stotternder Tourist.
Wenn uns der Himmel etwas mehr Zeit gönnte
Als die uns zugeteilte Galgenfrist ...

    Ich träume oft vom Leben, wie's sein könnte,
    Wenn's nicht so wäre, wie es nun mal ist.

Bedächt uns wer in seinem Testamente,
Ein Kunst-Mäzen. Ein edler Utopist.
Hätt man statt Schulden eine fette Rente,
Man würde hauptberuflich Optimist
Und übte sich im »Dolce far niente«,
Weil man es sonst am Ende noch vergißt ...

    Ich träume oft vom Leben, wie's sein könnte,
    Wenn's nicht so wäre, wie es nun mal ist.

Gäb uns der Herr die wahren Parlamente!
Wär jeder Mann bloß Mensch und Zivilist.
Und wär die Freiheit keine Zeitungsente,
Der Freund ein Freund und kein Opportunist.
Wenn uns doch endlich keine Mauer trennte.
Dem faulen Zahn der Zeit fehlt ein Dentist ...

    Ich denke oft ans Leben, wie's sein könnte,
    Wenn's nicht so wäre, wie es leider ist.

»Die Leistung der Frau in der Kultur«

(Auf eine Rundfrage)

Zu deutsch: »Die klägliche Leistung der Frau«.
Meine Herren, wir sind im Bilde.
Nun, Wagner hatte seine Cosima
Und Heine seine Mathilde.
Die Herren vom Fach haben allemal
Einen vorwiegend weiblichen Schatz.
Was uns Frauen fehlt, ist »Des Künstlers Frau«
Oder gleichwertiger Ersatz.

Mag sie auch keine Venus sein
Mit lieblichem Rosenmund,
So tippt sie die Manuskripte doch fein
Und kocht im Hintergrund.
Und gleicht sie auch nicht Rautendelein
Im wallenden Lockenhaar,
So macht sie doch täglich die Zimmer rein
Und kassiert das Honorar.

Wenn William Shakespeare fleißig schrieb
An seinen Königsdramen,
Ward er fast niemals heimgesucht
Vom »Bund Belesner Damen«.
Wenn Siegfried seine Lanze zog,
Don Carlos seinen Degen,
Erging nur selten an ihn der Ruf,
Den Säugling trockenzulegen.

Petrarcas Seele, weltentrückt,
Ging ans Sonette-Stutzen
Ganz unbeschwert von Pflichten, wie
Etwa Gemüseputzen.
Doch schlug es Mittag, kam auch er,
Um seinen Kohl zu essen,
Beziehungsweise das Äquivalent
In römischen Delikatessen.

Gern schriebe ich weiter
In dieser Manier,
Doch muß ich, wie stets,
Unterbrechen.
Mich ruft mein Gemahl.
Er wünscht, mit mir
Sein nächstes Konzert
Zu besprechen.

Horizontale Muse

Sortier ich meine Träumerein
In »leicht beschwingt« und in banale,
So reihen sie sich seltsam ein
In vertik- und horizontale.

Die waagerechte Dimension
– Lang hingestreckt, flachliegend, eben –
Ist Sonne, Regen, Ackerland
Für mein so taugenichtses Leben.

Senkrecht, benimmt sich mein Gehirn,
Als wär es am Erweichen.
Doch waagrecht, wird die blöde Stirn
Zum Füllhorn sondergleichen:

Auf Wiesen und Chaisen,
Auf Matten und Betten
Kann ich mich vor lauter Ideen
Nicht retten.

Doch schwindet die Eingebung radikal,
Ergreift mich die Feder, wenn vertikal.

Das Resultat ist deutlich zu sehn:
Obigen Firlefanz schrieb ich im Stehn.

Das letzte Jahr

Die frühen Jahre

Ausgesetzt
In einer Barke von Nacht
Trieb ich
Und trieb an ein Ufer.
An Wolken lehnte ich gegen den Regen.
An Sandhügel gegen den wütenden Wind.
Auf nichts war Verlaß.
Nur auf Wunder.
Ich aß die grünenden Früchte der Sehnsucht,
Trank von dem Wasser das dürsten macht.
Ein Fremdling, stumm vor unerschlossenen Zonen,
Fror ich mich durch die finsteren Jahre.
Zur Heimat erkor ich mir die Liebe.

Auto(r)biografisches

Ich war ein kluges Embryo,
Ich wollte nicht auf die Welt.

Nach zehn Monaten erst und
Vollen zehn Tagen
Erbarmte ich mich der jammernden Mutter
Und suchte den Weg ins Unfreie.

Nicht weniger als hundertachtzig Stunden
 – So hat's die Großmutter seufzend berichtet –
Stand unser Haus im Zeichen des Todes.

Ich habe mich später manchmal gefragt,
Wie Freud aus Wien das wohl beurteilt hätte
Oder Professor Jung an der Limmat.

Genug, an einem Junimorgen,
Im Monat der Rosen, im Zeichen der »Zwillinge«,
Bei Glockengeläut um fünf Uhr früh
Gab ich zögernd den Widerstand auf
Und verließ mein provisorisches Domizil.

Ein Fremdling bin ich damals schon gewesen,
Ein Vaterkind, der Ferne zugetan,
Den Zugvögeln und den Sternen.

Auf einem Kinderbildnis
Reiße ich mich wild mit weitgereckten Schwingen
Aus den Armen der Amme.

Früh schon gefiel mir das Anderswo.
Mit knapp fünf Jahren lief ich endlich fort.
Man hat mich aber immer eingefangen.
Leider.

Nein, es hat mir gleich nicht gefallen
Hier unten.

ELEGIE FÜR STEVEN

Kein Wort vermag Unsagbares zu sagen.
Drum bleibe, was ich trage, ungesagt.
Und dir zuliebe will ich nicht mehr klagen.
Denn du, mein stolzer Sohn, hast nie geklagt.

Und hätt' ich hundert Söhne: Keiner wäre
Mir je ein Trost für diesen, diesen einen!
Sagt ich: hundert? Ja, ich sagte hundert
Und meinte hundert. Und ich habe keinen.

Daß man doch lernte, sich vor ihm zu neigen,
Der grausam nimmt, was er so zögernd gab.
Solang mein Herz schlägt, ist darin dein Grab.
Ich setze dir ein Mal aus purem Schweigen.

Kein Wort. Kein Wort, Gefährte meiner Trauer!
Verwehte Blätter, treiben wir dahin.
Nicht, daß ich weine, Liebster, darf dich wundern,
Nur daß ich manchmal ohne Träne bin.

SEILTÄNZERIN OHNE NETZ

Mein Leben war ein Auf-dem-Seile-Schweben.
Doch war es um zwei Pfähle fest gespannt.
Nun aber ist das starke Seil gerissen:
Und meine Brücke ragt ins Niemandsland.

Und dennoch tanz ich und will gar nichts wissen,
Teils aus Gewohnheit, teils aus stolzem Zorn.
Die Menge starrt gebannt und hingerissen.
Doch gnade Gott mir, blicke ich nach vorn.

Heimweh, wonach?

Wenn ich »Heimweh« sage, sag ich »Traum«.
Denn die alte Heimat gibt es kaum.
Wenn ich Heimweh sage, mein ich viel:
Was uns lange drückte im Exil.
Fremde sind wir nun im Heimatort.
Nur das »Weh«, es blieb.
Das »Heim« ist fort.

ZUKUNFTSMUSIK I

Wie froh bin ich, nicht jung sein zu müssen
Heutigentags.
Froh, doch nicht fröhlich. Das Lachen vergeht mir
Schon früh beim ersten Blick aus dem Fenster.

Freilich, auch ich war in Arkadien nicht geboren,
Kriegsnot mein Kindergarten. Meine Spielgefährten
Hunger und Angst.

Aber die Bäume
Erstickten noch nicht im giftigen Dunst überm Stadtpark.

Fische schwammen noch heil
Und wohlgeborgen im See.

LSD – drei harmlose Anfangsbuchstaben
Aus dem seinerzeit fabrikneuen Schulalphabet.
Was waren das für gute »schlechte Zeiten«!

Noch war der Globus rund. Die Hölle als Ausflugsort
Für die gesamte Familie so gut wie noch nicht entdeckt.
Touristen kamen schon vor. Gezähmt, und im Singular.

Verdammt, die da zu ruhen wähnen
Im Schatten ihrer Napalmen,
Die Kühlung suchen in dem von Strontium verpesteten Wind.

»Hohe Lebenserwartung«! Das praktische Weihnachtsge-
                                                schenk:
Ein neues Herz.
Wenn's hochkommt, siebzig? Uns kommt es lange schon hoch.

Befreunde dich, Tor, mit dem Tod!
Stürm vorwärts, du Umweltverschmutzer.
Auf die Kniee mit dir und
Ave, Technokratie!

Wer zurückblickt, gehört
Pfuiteufelnocheinmal ins Gestern.
Der Mensch ist ein Zwischenfall,
Ein Irrtum der kosmischen Planung.
Sagt es nicht weiter: Mein Fall ist hoffnungslos,
Denn ich leide an chronischer Sehnsucht
Nach Dingen, die es auf Erden nicht gibt.

ZEITGEMÄSSE MORGENANDACHT

Noch vor dem Frühstück, dem Traum kaum entronnen,
Überfliege ich, mit gesenkten Schwingen,
Das Wesentliche im Morgenblatt.

Mindestens eine Flugzeugentführung,
Diverse Versuche mit todsicheren Strahlen.
Aufruhr. Erpressung. Und Inflation.

Was steht uns wohl noch in den Sternen geschrieben?
Ganz zu schweigen von der so gescheiten Statistik ...

Die apokalyptischen Reiter auf ihrem Klepper.
In zirka zehn Jahren: Welthungersnot.
Zu viele Leute. Und zu wenig Menschen.

Luft- und Seelenverschmutzung.
Die Pest in Asien, verfrachtet im Flugzeug
Mit munterer Musikbegleitung,
Flott auf dem Wege zu dir.

Dürre und Flut und Mangel
An Süß- und Sauerstoff.
Die Fische krepieren am Wasser,
Die Menschen am Fisch.

Nachbar, verkauf deine Aktien
Und bau deinen Bunker
Mit Fernsehkiste
Und Krematorium.

Augen haben sie und sehen nicht.
Im Winde klappert die Sense.

Am hoffnungsgrünen Tisch der Nationen
Prosten die Narren sich zu mit Whisky und Wodka.
Die Nichtmitmacher schweigen.

Weh mir! Ich kann das Weltgeschehen
Nicht ändern
Und die Geschicke
Nicht abwenden.

Ich werde die Zeitung abbestellen.

Was man so alles überlebt

Ich frage mich oft,
Und ich gehe mir dabei selbst auf die Nerven.
Denn es ist eine Frage in mehreren Strophen:
Warum werfen uns seelische Katastrophen
Nicht um?

Gewiß, sie tun es schon. Aber sozusagen auf Raten.
Wenn wir, zum Beispiel, bei einem Unfall
Gründlich unter die Räder geraten,
Ist das eine einmalige Sache.
Und der Tod
Kommt
Prompt.

Hingegen, wenn uns, na, sagen wir es blumig,
Das sogenannte Rad des Lebens –
»Zermalmt« ist da wohl das richtige Wort –
So geschieht das keineswegs sofort.
Das Unglück läppert sich. Mit oder ohne Schuld.
Die Katastrophe sagt mit fast zynischem Gähnen:
Geduld, Geduld!
Du wirst dich schon an mich gewöhnen.

Wenn das, was wir Liebe zu nennen gewohnt sind,
Stirbt,
Geschieht es auch selten auf einen Schlag,
Sondern auch nur so schrittweise, Tag um Tag
Vielleicht ein Tausendstel Millimeter.
– Sonst gäb's chronische Epidemien von gebrochenen Herzen.
So aber verschmerzen wir's fast. Und später
Lächelt man fast unter Trümmern und Scherben
Über so manches vernarbte Ade.

Denn der Tod tut nicht weh.
Nur das Sterben.

KURZER DIALOG

Du und ich, lieber Gott,
wir beide wissen es,
Daß deine Welt noch lange nicht
Fertig war, als der siebente Tag
Anbrach.

Du hattest dich dazumal
Darauf verlassen,
Daß deine Geschöpfe
Gehilfen dir würden.
O weh.

Leiden läutert uns nicht,
Und durch Schaden wird man nicht klug.
Nur gerissen.
– Herr, du gabst uns die Welt, wie sie ist.
Gib uns doch bitte dazu
Das seinerzeit leider
Nicht mitgelieferte
Weltgewissen!

ZUKUNFTSMUSIK II

Ich habe noch zwei gute Karten
Für das völlig ausverkaufte Musical
Bekommen.
Juchhe!

Aber wem steht jetzt der Sinn danach
Angesichts der sogenannten Weltlage.

Dieser über uns alle fortschreitende
Fortschritt!
Der unaufhaltsame Krebsgang
Unseres Weltgesundheitszustandes.
Und die diversen Etceteras.

Unsere Zukunftsmusik: Welthungersnot.
Kein Getreide. Kein Wasser.

Im Jahre des Un-Heils 1985
(Das zu erleben ja einigen von uns
Kaum erspart bleiben dürfte)
Laden die Zeitgenossen einander ein
Zu einem gemütlichen Abendessen.

Vorgericht: Synthetische Pille Nummer 33
Mit Kaviargeschmack.
Hauptspeise: Assortierte Kapseln »Multa«
In den zwölf beliebtesten Aromen.
Und zum Nachtisch: lecker, lecker,
»Digestia«, die Pille, die Pillen verdaut.
(Fehlt nur noch »Nirwana«, die Pille,
Die uns von all diesen Pillen erlöst.)

Und was nehmen die Herrschaften zum Trinken?
Einen leichten Mosel, einen schweren Burgunder
Oder lieber ein Gläschen eisgekühltes Zyankali?

Gebadet wird wasserlos im neuen Zeitalter.
Halte dich rein mit »Abrasia«,

Der garantiert unschädlichen Reinigungscreme.
Bleib fit mithilfe unseres Kreislauf-Anregers
»Circulus vitiosus«. Ärztlich empfohlen.

Moderne Abendunterhaltung: die Fernseh-Breitwand,
Dreidimensional, zum Greifen nahe.
Mit Chanel-Düften und naturechten Auspuffgasen.
(Wir führen Gasmasken auch schon in Babygrößen.)

Du hast doch hoffentlich noch Karten bekommen
Fürs Musical ...?
Ja, Orchester, Mitte. Eine der vorderen Reihen.

Juchhe.

In meinem Hause

In meinem Hause
Wohnen zwei Schwestern.
Fragt man die beiden,
Wie es denn geht?
Lächelt die eine:
»Besser als gestern!«
Aber die andere
Seufzt voller Sorgen:
»Besser als morgen,
Besser als morgen.«

*

Es hat sich nichts geändert hier:
Stets gab es Arme und Reiche.
So oft es sich geändert hat,
So oft blieb es das gleiche.

*

Mir ist so grau,
Ach, könnte man nur weinen.
Mein Herz ist so verlassen wie ein Grab.
Ich habe solche Sehnsucht nach dem Einen,
Den es, genau besehen, niemals gab.

VOM WISSEN

Wenn man erst einmal weiß,
Weiß man auch, daß man weiß,
Und wüßte lieber nicht.
Aber zu spät.
Schon weiß man, daß auch
Die Hoffnung nie wieder,
Nie wieder einkehrt, nie wieder;
Sondern quer übers Meer, ade,
Denen zusegelt, die
Noch nicht wissen,
Noch etwa wissen,
Daß es etwas
Zu wissen
Gibt.

Aus dem Leben eines Einzelgängers

Einen Tagedieb
Schelten mich die Nachbarn.
Doch ich
Schon früh
Im Schweiße meines Angesichtes
Säge an dem Ast, auf dem ich sitze,
Überprüfe meine brachliegenden Äcker und
Werfe fleißig
Die Flinte ins Korn.

Schlägt es dreizehn,
Löffle ich fromm
Die Suppe aus, die ich mir
Eingebrockt habe, und beiße zufrieden
In den sauren Apfel.
Ein gut Gewissen ist der beste Koch.

Kommt Besuch,
Setze ich die Herren
Gemütlich zwischen zwei Stühle,
Die Damen in Verlegenheit und
Mich selbst in die stets bereiten
Brennesseln.

Zu festlichen Gelegenheiten
Schlage ich dem Faß den Boden aus und
Schlachte die Henne, die die goldenen Eier legt.
Carpe diem!
Das heißt: Nütze den Tag!

Endlich Feierabend.
Ich lege mich auf die wohlverdiente
Bärenhaut, falte die Hände
In den Schoß und
Träume
Von aller Tage Abend.

»TAKE IT EASY!«

Tehk it ih-sie, sagen sie dir.
Noch dazu auf englisch.
»Nimm's auf die leichte Schulter!«

Doch, du hast zwei.
Nimm's auf die leichte.

Ich folgte diesem populären
Humanitären Imperativ.
Und wurde schief.
Weil es die andre Schulter
Auch noch gibt.

Man muß sich also leider doch bequemen,
Es manchmal auf die schwerere zu nehmen.

RESIGNATION FÜR ANFÄNGER

Suche du nichts. Es gibt nichts zu finden,
Nichts zu ergründen. Finde dich ab.
Kommt ihre Zeit, dann blühen die Linden
Über dem frischgeschaufelten Grab.

Kommt seine Zeit, dann schwindet das Dunkel,
Funkelt das wiedergeborene Licht.
Nichts ist zu Ende. Alles geht weiter.
Und du wirst heiter. Oder auch nicht.

Zwischen Vergehen und Wiederbeginnen
Liegt das Unmögliche. Und es geschieht.
Wie und Warum waren nie zu ersinnen.
Neu klingt dem Neuen das uralte Lied.

Geh nicht zu Grunde, den Sinn zu ergründen.
Suche du nicht. Dann magst du ihn finden.

VERSE FÜR KEIN GÄSTEBUCH

Nein, Madame, ich spiele nicht Bridge,
Sie müssen vergeben.
Ich vertreibe mir das Leben
Mit anderen Übeln.
Zum Beispiel, mit Grübeln
Über das Dasein.
Gewinnchancen: keine.
Auch ist es ein ungeselliges Spiel,
Man spielt es alleine.

ALLERSEELEN

Ob wohl die Toten im Grabe nichts spüren?
Ob sie nicht dürsten, ob sie nicht frieren...
Ahnen sie nichts mehr von Freude und Trauer,
Sind sie so leblos wie Mörtel und Mauer,
Die ja, so meint man, wie Wolke und Wind
– Weiß man es wirklich? – empfindungslos sind.
Sehnen sich Tote nie mehr nach dem Einst?
Wissen sie gar nicht, daß du um sie weinst,
Laut um sie klagst in den sternhellen Nächten,
Mit ihnen bist in den finsteren Schächten,
Wo sie nun liegen mit Erde und Wurm.

In meinen Träumen läutet es Sturm,
Schlägt's an mein Fenster, rasselt's an Türen.
– Ob wohl die Toten im Grabe nichts spüren?

KEINER WARTET

Alle müssen sie heim. Nur ich muß nicht müssen.
Keiner wartet, daß ich das Essen ihm richte.
Keiner sagt, komm, setz dich her. Wie bist du müde!
Schneidet mir keiner das Brot.

Keiner weiß, wie ich war mit achtzehn, damals.
Keiner stellt mir den ersten Flieder hin,
Holt mich vom Zug mit dem Schirm.

Ist keiner, dem ich beim Lampenlicht lese,
Was der Chinese vom Witwentum sagt:
»Die Gott liebhat, nimmt er zu sich,
Ehe er ihr den Geliebten nimmt.«

Ich träume nicht mehr

Ich träume nicht mehr,
Seit du nicht mehr aufwachst am Morgen,
Wenn die Morgenlandsonne glühend schreit
In deinem Balkonzimmer.

Kann keiner meine Träume deuten.
Nur der das Lächeln aufkeimen sah
In meinem Herzen
Und die Träne reifen
Hinter meinem Auge.

Du hörtest mein Gras wachsen.

Schon fast dreihundert
Morgenlandsonnen –
Und du wachtest nicht auf.

Ich träume nicht mehr.
Wem sollte ich meine Träume erzählen?

EINLADUNG

Komm zu mir zum Tee.
Ich habe englische Kekse bekommen
Und Nougat aus Perugia.

Wir wollen die rote Kerze wieder
Anzünden im alten Leuchter von
Schmiedeeisen. Ich habe da auch noch
Einen guten Jahrgang Chambertin,
Bei Sonnenuntergang zu trinken
Auf der Terrasse.

Komm. Wir werden deine Lieblingsplatten
Spielen. Vivaldi. St. Louis Blues. Und
Das Lied von der Erde.

Und staunen, wie es auf den Holzschnitten
Des Hiroshige immer noch regnet ...
Meterlange Regenstangen auf knisternde
Schirme aus Japanpapier.

Oder wie die Kraniche nachtwärts ziehen
Und die Kirschbäume weiß und rosa blühen
Unter dem Teller jenes frischgewaschenen Mondes
Aus allerfeinstem Porzellan.

Wir wollen schweigen. Und einander
Nicht mehr befehden.
Es sei, wie es sei.
Und auch nicht wieder von der Liebe reden
Wie einst im sogenannten Mai.

Es geht alles vorüber.
Komm zu mir zum Tee.

Eh ich's vergesse,
Die neue Adresse, mein Lieber:
Ich wohne am Rand der Tränen,

Verzweiflungsgasse sieben
Nahe dem Fluß.

Auf alle Fälle
Nimm den Spät-Autobus
Zur Schluß-Haltestelle.

Ich lasse mich nicht mehr ein auf Daten

Weil heute der siebente Juni war,
Habe ich den ganzen Tag über
Deine gelben Rosen erwartet.
Festlich rüstete es sich in
Meinem einsamen Herzen,
Als gäbe es Freude zu ernten.
Eine Art Vorweihnachten,
Aber das Fest kam nicht.
Ich habe keinen Geburtstag mehr.

Am Abend habe ich die alte
Bienenwachskerze angezündet
Vor deinem Bild
Und die eine blasse Rose
Ins schwarze Glas getan.
Wie war ich doch reich einst
Und das, was man glücklich nennt.
Ich lasse mich nicht mehr ein auf Daten.

ÄLTERE DAME OHNE ANHANG

Ich hab noch meine Wohnung und den Hund.
Und etwas Geld. Nein, nein, ich kann nicht klagen.
Was sollten da erst all die andern sagen ...

Das letzte Röntgenbild war gar nicht schlecht.
Bis auf das Asthma bin ich fast gesund.
Und dann natürlich der nervöse Magen.

Wär man nur nicht als Frau so sehr allein.
Auch ins Kaffeehaus mag ich nicht mehr gehen.
Da sitzen sie ja wieder nur zu zwein.
Und die paar Filme hab ich schon gesehen.

Am schwersten ist der Sonntag zu ertragen
Mit dem so furchtbar einsamen Glas Wein.
Und keine Post. Jedoch, ich kann nicht klagen.

Da gibt es Damen, die sich Tee servieren
Mit Blümlein auf dem rosa Frühstückstisch.
Dann Arm in Arm, betagt, doch fromm-und-frisch
Die Galerien schwatzend absolvieren.

Dergleichen ist für mich das rote Tuch.

Bleibt nur der Hund und das geliebte Buch.
Und so als Luxus, in den schlimmen Tagen
Zur Antwort geben: Nein, ich kann nicht klagen.

Monolog für Alleinstehende

Ruf mich doch an!
Zwo Zwo Acht Eins Null Neun.
So gegen sieben, wenn es dämmert.
Man fühlt sich dann so schrecklich übriggeblieben
Und ziemlich belämmert
Mit seinem einsamen Whisky
Und der matten gelben Rose
Im schwedischen Glas
Und dem Abendrefrain:
Wozu? Wozu.
Nach wieder einmal eines Tages Mühen.
Das kann einem schon auf die Nerven gehn.
Ich werde doch endlich das Gas aufdrehen.
Und dir einen ordentlichen Kaffee brühen.

– Was dachtest denn du?

Mitte Dezember

Es wird auch andere Tage noch geben,
Doch heute bin ich zu Tode betrübt.
Ich war wohl noch niemals in diesem Leben
In keinen einzigen Menschen verliebt.

Ich war wohl noch niemals in diesem Leben
In keinen einzigen Menschen verhaßt.
Es wird auch andere Tage noch geben,
Zuweilen glaube ich es fast.

Dezemberwind rüttelt an Fenster und Mauer,
Das also wird künftig die Jahreszeit sein.
Ich bin so verlassen in meiner Trauer
Und werde es lange und lange noch sein.

Ausverkauf in gutem Rat

Ich habe aus traurigem Anlaß jüngst
So viel freundschaftlichen Rat erhalten,
Daß ich mich genötigt sehe,
Einen Posten guten Rat billig
Abzugeben.
Denn: so einer in Not ist,
Bekommt er immerfort
Guten Rat. Seltener Whisky.

Durch Schaden-Freunde
Wird man klug.
Sie haben für alles
Passenden Rat parat.
Für Liebeskummer und Lungenkrebs.
Für Trauerfälle und deren Gegenteil.
Denn Rat erspart oft Taten.
Befolgt der Freunde Un-Rat nicht!
Dann seid ihr wohl beraten.

Nach dem Sturm

Das wilde Meer in tiefster Ruh
Im Sande blinken Scherben
Nun schreit ich still dem Abend zu
Und übe mich im Sterben.

STECKBRIEF

Ich weiß, von wem
Die Bücher sind,
Wie eine Amaryllis duftet,
Und wie zum Beispiel ein Pihi
Fliegt.

Ich weiß auch meistens,
Was der Kaffee kostet
Und die dazugehörigen Brote.

Aber eigentlich
Lebe ich doch auf dem Mond.
Man sollte wohl eher sagen:
Leider.

Ich verfüge über das,
Was man eine
Gute Allgemeinbildung nennt,
Und ein nicht unzuverlässiges
Fingerspitzengefühl.
Auch treffen meine Vorahnungen
Nicht selten ein.

Trotzalledem
Komme ich recht oft
Aus dem Mustopf.
Und dann haben ihn die andern
Schon leergegessen.

Einer, der mich gut kannte,
Nannte dies
Meine liebenswerteren Mängel.

(Er beschützte mich
Vor den Freunden.)

Aber das ist lange her.
Und so tut es not,
Daß die Leute es wissen.

Darum sage ich das hier.

Das sechste Leben*

Eine Katze hat neun
Ich brachte es auf fünf
Das erste war keines
Aber das zählt fast doppelt.
Angst, Hunger, Dunkel
Dann kam die Liebe
Und der Tag schien wieder möglich

Leben Nummer zwei
Bootfahrt auf dem Wasser
Der Jugend.

Nummer drei begann, da hörte
Nummer zwei auf.
Sturm rüttelte am Dach
Die Seidendecke zerriß
Und wir lagen im Gras
Deckten uns zu mit der weißen Wolke
Auf blauem Grund.

Nummer vier begann damit, daß
Aus Zweien Drei wurden
Es war ein Märchen
Wunder schon zum Frühstück
Und Zauber am Abend
Wir ritten über das Weltmeer
Trockenen Fußes
Pfeile trafen dicht daneben
Die Glut versengte uns nicht
Wir flogen im Schatten der
Schutzengel-Schwingen

* Mascha Kaléko chiffrierte so ihre Biografie:
Das erste Leben: Mascha allein
Das zweite Leben: Mascha und ihr erster Mann S. Kaléko
Das dritte Leben: Mascha und ihr zweiter Mann, Chemjo Vinaver
Das vierte Leben: Mascha, Chemjo Vinaver und Steven, der Sohn
Das fünfte Leben: Mascha und Chemjo ohne Steven
Das sechste Leben: Mascha allein

Alle drei die Gott liebte.
Dann nahm er uns das Kind
Schon war es ein Mann geworden
Ein Gott ...

Wieder allein, doch nicht
Wie zuvor, da zwei zu sein genügte ...

Auf Reisen

Ich gehe wieder auf Reisen
Mit meiner leisen
Gefährtin, der Einsamkeit.

Wir bleiben zu zweien einsam
Und haben nichts weiter gemeinsam
Als diese Gemeinsamkeit.

Die Fremde ist Tröstung und Trauer
Und Täuschung wie alles. Von Dauer
Scheint Traum nur und Einsamkeit.

Bleibtreu heisst die Strasse

Vor fast vierzig Jahren wohnte ich hier.
... Zupft mich was am Ärmel, wenn ich
So für mich hin den Kurfürstendamm entlang
Schlendere – heißt wohl das Wort.
Und nichts zu suchen, das war mein Sinn.
Und immer wieder das Gezupfe.
Sei doch vernünftig, sage ich zu ihr.
Vierzig Jahre! Ich bin es nicht mehr.
Vierzig Jahre. Wie oft haben meine Zellen
Sich erneuert inzwischen
In der Fremde, im Exil.
New York, Ninety-Sixth Street und Central Park,
Minetta Street in Greenwich Village.
Und Zürich und Hollywood. Und dann noch Jerusalem.
Was willst du von mir, Bleibtreu?
Ja, ich weiß. Nein, ich vergaß nichts.
Hier war mein Glück zu Hause. Und meine Not.
Hier kam mein Kind zur Welt. Und mußte fort.
Hier besuchten mich meine Freunde
Und die Gestapo.
Nachts hörte man die Stadtbahnzüge
Und das Horst-Wessel-Lied aus der Kneipe nebenan.
Was blieb davon?
Die rosa Petunien auf dem Balkon.
Der kleine Schreibwarenladen.
Und eine alte Wunde, unvernarbt.

Epitaph auf die Verfasserin

Hier liegt M. K., umrauscht von einer Linde.
Ihr »letzter Wunsch«: Daß jeglicher was finde.
 – Der Wandrer: Schatten, und der Erdwurm: Futter.
Ihr Lebenslauf: Kind, Weib, Geliebte, Mutter.
Poet dazu. In Mußestunden: Denker.
An Leib gesund. An Seele sichtlich kränker.
Als sie verschied, verhältnismäßig jung,
Glaubte sie fest an Seelenwanderung.
 – Das erste Dasein ist die Skizze nur.
Nun kommt die Reinschrift und die Korrektur. –
Sie hatte wenig, aber treue Feinde.
Das gleiche, wörtlich, gilt für ihre Freunde.
 – Das letzte Wort behaltend, bis ans Ende,
Schrieb sie die Grabschrift selber. Das spricht Bände.

Mein schönstes Gedicht

Mein schönstes Gedicht?
Ich schrieb es nicht.
Aus tiefsten Tiefen stieg es.
Ich schwieg es.

Epigramme

Vorspruch – ziemlich frei nach Goethe

>»Diese Worte sind nicht alle in Sachsen,
>Noch auf meinem eigenen Mist gewachsen.
>Doch was für Samen die Fremde bringt,
>Erzog ich im Lande, gut gedüngt.«
>Goethe, Sprüche in Reimen

Zu den hier mitgeteilten Worten
Fand ich den Anlaß vielerorten.
Teils bei Hellenen und Angelsachsen,
Und teils auf eigenem Mist gewachsen.
Auch was einst das Land meiner Heimat gesät,
Der Wind hat es mir in die Fremde geweht.

Mascha Kaléko

PHYSIOGNOMISCHES

Gar mancher Mitmensch hat ein sehr
vielsagendes Gesicht.
Das spricht so laut. Du hörst nicht mehr
die Worte, die er spricht.

VORSICHT – VOR DER VORSICHT

Mich treibt ein dunkles Weißnichtwas,
Gefahren zu verneinen.
Ich sitz in einem Haus aus Glas
und werfe doch mit Steinen.

FÜR EINZELGÄNGER

Zum Anderssein gehört vor allem Mut,
viel Freiheitsliebe und ein bißchen Geld.
Wer immer nur das tut, was ihm gefällt,
dem wird gefallen, was immer er auch tut.

DAS DRITTE

Drei Dinge sind's, sprach der Poet,
aus denen die Musik besteht:
Die Melodie, der Rhythmus und
das Schweigen auf dem Erdenrund.

Das bisschen Ruhm

Was ist der ganze Ruhm der Welt?
Heut Lorbeerkranz und morgen Besen.
Ein Scheck, im Diesseits ausgestellt,
vielleicht im Jenseits einzulösen.

Würdenträger gesucht ...

Weil neuerdings es wieder Brauch geworden,
daß man aufs ehrenwerte Knopfloch schielt,
erfand ich mir den schwerverdienten Orden
»Für ihn, der kein Verdienstkreuz noch erhielt«.

– Man sucht Bewerber schon im ganzen Land.
Doch scheint ein solches Wesen nicht bekannt.

Das Spiegelglas

Ein altes Gleichnis hörte ich vom Geld:
Schau durch ein Glas, und du erblickst die Welt.
Stopf es mit Silber voll, was wird geschehn?
Nichts als dich selbst kannst du darin noch sehn.

KALENDERSPRUCH

Es hat sich nichts geändert hier.
Stets gab es Arme und Reiche.
So sehr es sich »geändert« hat,
so sehr blieb es das gleiche.

EINEM GEWISSEN HERRN »KENNSEDEN«

Das Reißen von Zoten beweist kein Genie,
auch wenn Euch gehorsames Wiehern erschallt.
Herr, tragt Euer Viertelpfund Phantasie
in die chemische Entfleckungsanstalt!

UNSINN UND SINN

Du suchst und suchst. Und kannst den Sinn nicht finden.
Gib's auf; denn so wirst du ihn nicht ergründen.
Pfeif dir ein Liedchen, träume vor dich hin,
wie oft enthüllt im Un-Sinn sich der Sinn!

Von Kritikern und Kritikastern

I.
Autor:
Noch ohne meinen dritten Akt zu hören,
habt ihr das Todesurteil schon vollstreckt!

Rezensent:
Man braucht nicht einen Ochsen zu verzehren,
um zu erfahren, wie ein Beefsteak schmeckt.

II.
Dies pflanzt euch vor den Schreibtisch hin,
ihr edlen Herrn vom Zeitungswesen:
Genie ist immer ein »Ich-Bin«,
Kritik oft ein »Wär-Gern-Gewesen«!

III.

> »... Der Scharfrichter, der mit der Exekution
> Karls des Ersten von England beauftragt war,
> kniete vorher vor Seiner Majestät nieder,
> um ihn um Verzeihung zu bitten.«
> Aus einer alten Chronik

Dies ahmt nur nach, ihr Herren Rezensenten,
– vor allem die Scharfrichter von Talenten.

IV.
Ein Privatissimum
Ich hätte allen Grund zur Milde
mit unsrer Rezensenten-Gilde...
Doch fern sei mir »Neutralität«:
Daß ich, wiewohl sie mich gepriesen,
mich kritisch gegen sie erwiesen,
tat ich aus Solidarität.
Und hoffe nur, wenn man *mich* schindet,
daß sich dann auch ein Fürsprech findet.

WEGWEISER

Am Kreuzweg fragte er die Sphinx:
Geh ich nach rechts, geh ich nach links?
Sie lächelte: »Du wählst die Bahn,
die dir bestimmt ward in dem Plan.
Links braust der Sturm, rechts heult der Wind:
Du findest heim ins Labyrinth.«

LEIDER ODER GOTTSEIDANK

Wenn dich auf Erden der Wechsel verdrießt,
wirf keine Anker im Wasser, das fließt.
Nichts ist beständig, nicht Schmerz noch Genuß.
Zweimal schwimmt keiner im selben Fluß.
Denk drüber nach.
– Ähnliches sprach
längst schon der »Dunkle von Ephesus«.

DAS KLEINERE ÜBEL

Wenn du schon hassen mußt
und kannst es noch nicht lassen,
dann üb nach Herzenslust,
den Haß in dir zu hassen.

Mangelware »Normalmensch«

Einst hieß das »gesunder Menschenverstand«:
Verstand, der gesunde Menschen verstand.
Der kam uns abhanden, und nicht ohne Grund:
Die wenigsten Menschen sind heut noch gesund.

»Der Kaiser ist ja nackt!«

Auch jenes Kind sprach »ungefragt«,
wie mancher, der die Wahrheit sagt;
doch Leisetreter kriechen leider
in jedes Kaisers »neue Kleider«.

Goldene Worte in rostiger Zeit

»Nie wieder Krieg!«
und »Nischt wie Friede uff Erden!«
»Das war 'ne ganz gemeine Schweinerei.«
»... Was mich betrifft: ich war ja nicht dabei.«
»Wir räumen auf. Das muß jetzt anders werden.«
»... Zum Pfluge schmieden wir das Schwert.«

Wo hab ich das schon mal gehört?

Apropos »Freier Wille«

I.
A.: »Wir tun nur, was wir sollen.«
B.: »Der Mensch kann, was er will.«
A.: »Gewiß. Doch kann er wollen,
   das, was er wollen will?«

II.
»Ich hüpfe«, sprach der Gummiball,
»ganz wie es mir beliebt,
und schließe draus, daß es so was
wie ›freien Willen‹ gibt.«

»Mal hüpf ich hoch, mal hüpf ich tief,
nach Lust und nach Bedarf.«
So sprach der Ball, nicht ahnend, daß
des Knaben Hand ihn warf.

III.
Was geschehn soll, wird geschehen,
was mißlingen soll, mißlingen.
Was im Plan nicht vorgesehen,
kann der Stärkste nicht erzwingen.

Unerfreuliche Zeitgenossin

Vorzeiten hieß man sie zu deutsch
ganz einfach eine Hexe.
Heut trägt die arme Dame schwer
am Soundso-Komplexe,
und statt wie einst zum Scheiterhaufen
sieht man sie nun zum Psychiater laufen.

SUBLIMIERTES WEHWEH

Wie in der kranken Auster nur
sich eine Perle rundet,
so formt sich auch des Dichters Lied
im Herzen, das verwundet.
– Und beiden stockt die Produktion,
wenn der Patient gesundet.

WENN DU DEINEN GÖNNER BESUCHST

Leg deine Bildung ab im Vestibüle,
daß sich der Herr dir überlegen fühle.
»Wissen ist Macht«: jedoch in solchen Fällen,
heißt es, sein Lichtchen untern Scheffel stellen.
In diesem prächtgen, mächtgen Kreise
ist Klugsein Dummheit, Dummsein: weise.

POLIZEILOGIK – WAS VERSTEHEN SIE DARUNTER?

– Zum Beispiel Paragraphen, so wie diesen:
Wer keinen Ausweis hat, wird ausgewiesen.

»Ick möchte aba nischt jesacht ham ...!«

– So flüstert Gevatter Zwergenmut
zum Nachbarn auf der Etage.
Meine Herren, wer solche Aussprüche tut,
hat wenig Zivilcourage.

Unbescheidene Bescheidenheit

»Das ist ein so bescheidner Mensch!
Den mag ein jeder leiden.«
– Wenn dies sein einziger Vorzug ist,
worauf ist er bescheiden?

Dem unentwegten Optimisten

Die rosa Brille diene nur zum Putze!
Denn brauchst du sie, ist sie zu garnichts nutze.
Sie steht dir wohl an himmelblauen Tagen.
Doch hüte dich, im Nebel sie zu tragen.

WORTE IN DEN WIND

Du zahlst für jedes kleine Wort auf Erden,
für jedes Mal, da du das Schweigen brichst.
So tief du liebst, wirst du verwundet werden
und mißverstanden, fast sooft du sprichst.

GUTE VORSÄTZE

»Morgen«, sage ich, »morgen«!
»Übermorgen!« sogar.
Bald ist das Leben vorüber,
ohne daß »morgen« je war.

EIN DICHTER ...

Ein Dichter, wenn er lebt,
hat nichts zu lachen.
Mit toten Dichtern läßt sich vieles machen.

FEINDE

Die Feinde, sagst du,
geben dir
auf Erden keine Ruh.
Du hast nur einen
wahren Feind,
mein Bruder:
das bist du!

WO MÖCHTEN SIE LEBEN?

Den lebensmüden Dichter fragt Madame,
wo's in der Welt am besten ihm gefällt.
Der schwieg nicht lange. – »Überall, mon âme,
an jedem Orte; nur nicht in der Welt.«

PSYCHOSOMATISCHES

Schmerz quält den Leib,
die Seele martern Leiden.
Was trägt sich schwerer –
Schmerzen oder Leiden?
Ich kann mich immer noch nicht recht entscheiden:
Ich werde täglich heimgesucht von beiden.

ALKOHOLVERBOT

So allein
ist keiner
wie einer,
der ganz allein ist.
Wenn einer
beim Wein ist,
ist er schon
zu zwein.

LOB DES NUTZLOSEN

Am Sirius bemängeln die irdischen Kinder:
Er eigne sich nicht zum Zigarrenanzünder.
Und lobt man den Falter, so sagen sie gar:
»Den kannt ich noch, wie er 'ne Raupe war...«
Und dennoch (so träum ich bei meinem Glas Wein):
Wie schön wär's, ein Stern oder Falter zu sein.

Es werde jeder selig nach seiner Konfession

Ob Jud, ob Christ: es gibt nur einen Gott.
Doch sucht der Mensch ihn unter vielen Namen.
Stehn wir vor IHM, so fragt ER nicht danach,
Auf welchem Pilgerweg wir zu ihm kamen.

Einem Stillen im Lande

Zum Weltenstürmer ist er nicht geboren.
Weil er nicht schreien kann, spitzt man die Ohren.

Das »Mögliche«

Ich habe mit Engeln und Teufeln gerungen,
genährt von der Flamme, geleitet vom Licht,
und selbst das Unmögliche ist mir gelungen,
aber das Mögliche schaffe ich nicht.

Herz contra Hirn

Wie müht sich unser Intellekt,
bis er ein Körnchen »Gold« entdeckt:
Drauf gähnt Madame Intuition:
»Ach, das...? – Das wußt ich immer schon!«

Das

So also ist das gewesen.
– Man frage bitte nicht, was.
Ich habe die Scherben wieder aufgelesen.
Aber alle Scherben zusammen
machen noch immer kein Glas.

Es fragt uns keiner

Es fragt uns keiner, ob es uns gefällt,
ob wir das Leben lieben oder hassen.
Wir kommen ungefragt in diese Welt
und werden sie auch ungefragt verlassen.

Leben vor dem Tode

Was nachher kommt, wie sollen wir das wissen?
Doch wenn es stimmt, was mir schon oft geträumt,
dann werd ich leider wiederkommen müssen,
um nachzuholen, was ich hier versäumt.

Nie störte mich die Kürze dieses Lebens.
Mir reicht, was mir geschah, was ich ertrug.
Nochmal von vorn das Ganze? Nein, vergebens.
Herr, laß mir meine Ruh. Ich hab genug.

LOBENSWERTES LEBENSMOTTO

Was immer die Dinge mir bringen,
ich stehe über den Dingen.
Was immer die Dinge mir tun,
ich tue, als wär ich immun.
Und kann ich das Wollen nicht wollen,
so schicke ich mich in das Sollen.
Die Haltung zum Guten, zum Schlimmen
kann keiner als ich nur bestimmen.

LETZTES WORT

Gäb mir ein Gott
»zu sagen, was ich leide«,
ich sagte es.
Doch, da er mir's versagt,
versag ich's mir.
– Nur, da ihr fragt,
dies, eh ich stumm verscheide:
Was immer ich geklagt,
ich habe nichts gesagt.

VOM SINN DES LEBENS

Ich habe in den Büchern nachgeschlagen
über den sogenannten Sinn des Lebens.
– Die Gelehrten sind sich darüber einig,
daß sie sich darüber nicht einig sind.

Was man so braucht ...

Man braucht nur eine Insel
allein im weiten Meer.
Man braucht nur einen Menschen,
den aber braucht man sehr.

La condition humaine

Mit fünfunddreißig –
so sagte ein Weiser –
sei er ein Bettler,
sei er ein Kaiser,
ob er geführt wurde
oder verführt,
– hat jeder das Angesicht,
das ihm gebührt.

Das geringere Übel

An wahren Freunden oft gebricht's.
Drum sagt man: Besser dies als nichts.
Doch ich werd lieber schirmlos naß
und sage: Besser nichts als das.

Liebe den Nächsten

Liebe den Nächsten
und bleib dennoch ehrlich.
Die Masse – hasse
keinen, wenn es geht.
Doch fürchte alle,
denn sie sind gefährlich.
Und wenn man's einsieht,
ist es schon zu spät.

*

Sie kommen mit Gaben,
auf Rück-Gaben rechnend,
die Buchführer der Freundschaft.

*

Oh, die so mit zwei Unschuldsaugen
träumerisch gen Himmel blicken!
Und alle vier Füße
immer hübsch auf der Erde.

Drei Schritte vom Leibe

Selbst dem, der einst in meinem Sieb
trotz aller Vorsicht hängen blieb,
erlaub ich nicht, durch meinen Zaun
ins Schneckenhaus hineinzuschaun.
Doch hab ich wen von Herzen lieb,
so gelten weder Zaun noch Sieb.

Unfreundlicher Türanschlag

Als letzte Warnung schreib ich's an den Pfosten:
Fallt mir nicht immer mit der Tür ins Haus!
Sucht mich nicht heim. Mit Ehren nicht, noch Posten.
Weil mir der Atem ausging, ging ich aus.